光文社文庫

文庫書下ろし／長編時代小説

夢屋台なみだ通り

倉阪鬼一郎

光　文　社

この作品は光文社文庫のために書下ろされました。

目次

登場人物

善太郎《ぜんたろう》　なみだ通りの人情家主
おそめ　その女房
小太郎《こたろう》　跡取り息子
寿一《じゅいち》　寿司の屋台のあるじ
寿助《じゅすけ》　その息子、大工
卯之吉《うのきち》　蕎麦の屋台のあるじ
甲次郎《こうじろう》　天麩羅の屋台のあるじ
庄　兵衛《しょうべえ》　おでんの屋台のあるじ、俳諧師
魚住剛太郎《うおずみごうたろう》　本所方与力
安永新之丞《やすながしんのじょう》　本所方同心

額　扇子の松蔵《ひたいせんすのまつぞう》　十手持ち
線香の千次《せんこうのせんじ》　その子分
大吉《だいきち》　煮売り屋相模屋《さがみや》のあるじ
三五郎《さんごろう》　提灯屋上州屋《じょうしゅうや》のあるじ
重蔵《しげぞう》　蕎麦屋やぶ重のあるじ
中園風斎《なかぞのふうさい》　学者、寺子屋の師匠
淵上道庵《ふちがみどうあん》　医者
立川焉笑《たてかわえんしょう》　噺家
三升亭小勝《みますていこかつ》　その弟子

第一章　屋台の湊《みなと》

一

両国橋《りょうごくばし》は、西詰も東詰も繁華だ。

西が武蔵《むさし》、東が下総《しもうさ》。二つの国にまたがっていたことからその名がある。ただし、正式な名ではない。かつては大橋《おおはし》、いまは新大橋が正しい名だが、江戸の人々は親しみをこめて両国橋と呼んでいる。

両国の広小路《ひろこうじ》と浅草寺《せんそうじ》裏は、江戸でも指折りの繁華な場所だ。さまざまな芝居小屋や見《み》世物《せもの》小屋が立ち並び、床見世《とこみせ》が茣蓙《ござ》を敷いて売り声をあげ、大道芸人が楽しい芸を披露《ひろう》する。棒手振《ぼてふ》りが行き交い、荷車が音を立てて通り、飛脚が走る。

そんなにぎやかな場所には悲しい謂《い》われがある。

もともとここは火除《ひよ》け地だ。莫蓙を敷いてあきなう見世は多いが、柱と屋根のあるまっとうな構えの見世を建てるのはご法度《はっと》になっている。将軍が鷹狩りの途次《とじ》に通るときなどは、きれいさっぱり元の火除け地に戻る。

明暦《めいれき》三年（一六五七年）の大火で、江戸の町は火の海になり、十万にも及ぶ人々が犠牲になった。橋がないせいで、逃げ場がなかったのだ。

この失敗に鑑《かんが》み、橋が架けられ、西詰と東詰に広い火除け地が設けられた。その広小路の裔《すえ》がいまの繁華な場所だ。

西詰も東詰も繁華だが、趣《おもむき》に違いがなくもない。西詰を進めば横山町《よこやまちょう》などの旅籠《はたご》街になる。浅草《あさくさ》もすぐ近くだから、にぎわいは続く。

一方、東詰の広小路のにぎわいはさほど長く続かない。南本所元町《みなみほんじょもとまち》の家並みを抜ければ、すぐ回向院《えこういん》に突き当たる。

この寺も明暦の大火を淵源《えんげん》としている。無慮《むりょ》十万に上る死者の多くは、身寄りが分からない無縁仏だった。その遺骸を葬るために時の将軍家綱《いえつな》が土地を与え、塚を築かせて菩提《ぼだい》を弔ったところから回向院の歴史が始まる。西詰とは違い、本所へ続く東詰には昔へと続く悲しみの影がある。

回向院では折にふれて勧進相撲《かんじんずもう》も行われる。興奮した客同士の喧嘩《けんか》が絶えないため、いくたびか幕府から禁止令が出されたが、そのたびにしぶとくよみがえってきた。

ただし、回向院が江戸の相撲の定場所となるのは天保《てんぽう》四年（一八三三年）だから、まだいくらか先のことだ。

いまは文政《ぶんせい》七年（一八二四年）、ほうぼうから花だよりが聞こえはじめた時分だった。

二

回向院の裏手は、本所松坂町《まつざかちょう》一丁目になる。

そこから南へ、竪川《たてかわ》のほうへ進んだところが本所相生町《あいおいちょう》だ。

竪川の両岸は河岸《かし》が続いている。日が出ているあいだは、船着き場から荷揚げをする者たちの威勢のいい声が折にふれて響くが、夜はうって変わって静かになる。

そんな河岸から一つ陸《おか》側に入った通りには、夜が更けるにしたがってとりどりの屋台が出る。

蕎麦《そば》に、寿司に、天麩羅《てんぷら》に、おでん……。

売り物の違う屋台が、一つまた一つと、暗い通りに出ていく。

繁華な両国橋の東詰とはうって変わった寂しい夜の通りは、いつしかこう呼ばれるようになった。

なみだ通り。

だれが名づけたのか分からない。いつごろからそう呼ばれだしたのかも分明《ぶんみょう》ではない。

その名の由来には諸説ある。

この通りでは、折にふれてなみだ雨が降る。

だから、なみだ通りだ。

いや、違う。

人はあふれるなみだをこらえるために、あるいはそっと流すために、この通りの屋台に足を運ぶ。そして、またそれぞれの住み処《か》へ帰っていく。

屋台のあるじはみな情に厚く、客の話を親身になって聞いてやり、ときにはなみだを流す。

ゆえに、なみだ通りという名がついた。

どの説が正しいとも定めがたかった。

いずれにせよ、夜空で星が瞬《またた》く頃合いになると、一つまた一つと、なみだ通りには屋台が出る。

そして、儚《はかな》い夢のような提灯《ちょうちん》の灯《あか》りがともる。

三

「今夜の天気は大丈夫そうだな」

元締めの善太郎《ぜんたろう》が言った。

「そうね。星がきれい」

女房のおそめが夜空を見上げて言った。

善太郎は四十代の半ばで、もうかれこれ二十年もこの地で長屋を営んでいる。親の代からの敷地が広いので、地元の大工衆の手を借りていくたびか建て増しをしてきた。おかげで店子《たなこ》の数も多い。

長屋ばかりでなく、屋台の元締めでもある。さまざまな屋台を人に貸し、そのあがりのいくらかを手間賃としてもらっている。江戸には強欲な元締めも多いが、善太郎はさっぱりしていながら情には厚い気性で、まずは店子のため、屋台の持ち主のためという肚《はら》で動いているから、この界隈《かいわい》で慕う者は多かった。

屋台のあるじにとってみれば、ここが船をつないでおく湊《みなと》のようなものだった。天気が芳《かんば》しくないと、屋台は出せない。いざ出しても、途中から本降りになったりしたらあきないにならないから、引き返さねばならない。

善太郎の長屋の横手に、屋台の置き場所がある。屋台が出るのは日が落ちてからだ。それまでは、急な雨でもしのげるように覆いがかぶせられていた。

かつては船の帆だったものを覆いとして使っている。風を孕《はら》み、大川《おおかわ》から海へと船を運んでいた帆はすっかりくたびれてしまったが、とりどりの屋台が休む湊の守り役として渋いつとめを果たしていた。

「おっ、今日も一番乗りかい？」

善太郎が笑顔で声をかけたのは、蕎麦の屋台を担《かつ》ぐ卯之吉《うのきち》だった。

「さようで。湯に入るのが早いもんで」

いつものように茄子紺《なすこん》の鉢巻きをきりっと締めた男が答えた。

「寿一《じゅいち》さんたちがいなかった？」

おそめがたずねた。

ここいらの湯屋は一つだけだから、長屋の衆は同じところに通っている。

「ああ、せがれが手を貸して洗ってやってましたよ。感心なものですね」

卯之吉が答えた。

「そうかい。なら、しんがりは寿一さんの屋台だね」

善太郎が笑みを浮かべた。

寿一は屋台の古株で、善太郎より年上だ。長年、寿司の屋台を担いでいたが、昨年女房に先立たれてすっかり気落ちしてしまった。

もともと足が悪かったこともあり、屋台からは足を洗って隠居しようとしたのだが、そこで思わぬ成り行きになった。大工の修業をしていたせがれの寿助《じゅすけ》が父の屋台を手伝うと言い出したのだ。

当時の屋台の寿司づくりは座り仕事だから、行き帰りに重い屋台を運びさえすれば、あとは足が悪くてもつとまる。せがれの寿助は大工との掛け持ちになるが、快く手伝いを買って出てくれたから、長年連れ添った女房を亡くして気落ちしていた寿一もまた寿司を握る気になった。

「あきないがたきが出る前に稼いできますよ」

蕎麦屋の卯之吉が戯《ざ》れ言《ごと》まじりに言った。

「今晩の風向きなら半鐘《はんしょう》も鳴らないだろうしね」

おそめが言った。

「半鐘はもうこりごりで」

卯之吉が眉《まゆ》をひそめた。

「今年は火事続きだったからねえ」

善太郎もあいまいな顔つきだ。

「とくに先月はひどかったんで」

卯之吉が言った。

文政七年の二月は火事続きだった。

まず一日の昼間、神田三河町《かんだみかわちょう》の角の茶漬屋から出火した。折あしく北西の風が強く、火はあっという間に燃え広がり、日本橋《にほんばし》のあたりまで焼けてしまった。

その日の夜、今度は音羽《おとわ》で火事が起き、翌二日には新橋《しんばし》から火が出て河岸までかなり焼けた。

さらに、五日には銀座《ぎんざ》一丁目で火災が起き、八日には霊岸島《れいがんじま》が焼けた。このときの火災では町火消し同士の喧嘩が起き、多数の死傷者が出た。

「江戸だけじゃなくて、ここんとこ、ほうぼうの町が焼けてるみたいだな」

善太郎が言う。

「熊谷《くまがや》とか八王子《はちおうじ》とか与野《よの》とか、いろいろ焼けちまったと聞きましたよ」

と、卯之吉。

「どこも大変ねえ。あ、卯之さんの前で火事の話でごめんね」

おそめが謝った。

「なに、平気で。なら、先陣を切ってきまさ」

卯之吉は白い歯を見せた。

「頼むよ。気をつけて」

人情家主の善太郎が温顔《おんがん》で送り出した。

四

ちりん、ちりん……。

涼やかな風鈴《ふうりん》の音を残して、卯之吉の屋台が去っていった。

「卯之さんとこが焼け出されたのは、十年くらい前だったかねえ」

蕎麦屋を見送ってから、おそめが言った。

「焼け出されたのならまだしもだったんだが」

豆の下ごしらえに取りかかりながら、善太郎が言った。

長屋の修繕など、家主としてのつとめもいろいろあるが、そのほかに女房のおそめととともに煮豆や漬け物や干物などをこまめにつくっている。初めのうちは店子にふるまうだけだったのだが、どれもいい仕上がりで評判を呼び、近頃はほかの長屋の女房衆も鉢などを持って買いに来てくれるようになった。値《あたい》は格安だから、みなに重宝がられている。

「気の毒なことだったわねえ。そりゃ、いまだに半鐘の音を聞いたら胸がきやきやするでしょう」

漬け物にする大根の皮をむきながら、おそめが言った。

蕎麦屋の卯之吉には、涙にくれた昔があった。

おおよそ十年前、卯之吉は左官の職人として働いていた。女房も子もでき、毎日気張って働いていた。

だが……。

江戸の町を折にふれて襲う大火が家族の運命《さだめ》を引き裂いてしまった。だれよりも大切な女房と子が煙に巻かれて命を落としてしまったのだ。

卯之吉は遠く離れた普請場《ふしんば》で働いていた。半鐘の音を聞いてしきりに胸騒ぎがしたが、いかんともしがたかった。

「そんなどん底の悲しみから立ち直ってきたんだから、大したもんだよ」

善太郎はそう言って、次の桶《おけ》の仕込みにかかった。

豆をひと晩水に浸けておけば、ふっくらとした煮豆になる。

「いまじゃ、うちの屋台の中でいちばん張り切ってるからね」

おそめがそう言ったとき、次の屋台のあるじが姿を現わした。

「今夜の風なら出せそうだね」

そう言いながら姿を見せたのは、天麩羅の屋台のあるじの甲次郎《こうじろう》だった。

「天麩羅だけ休みになることもあるからな」

善太郎が答えた。

善太郎が元締めをつとめる屋台は四台ある。

卯之吉の蕎麦、甲次郎の天麩羅、庄兵衛《しょうべえ》のおでん、そして、寿一と寿助の親子が出している寿司だ。

蕎麦に天麩羅におでんに寿司。江戸の屋台の花形が勢ぞろいしているわけだから、そこだけを採り上げれば華やかに感じられるが、夜のなみだ通りにはむやみに人が出るわけではない。ぽつんぽつんと提灯の赤い灯りがともっているさまは、何がなしに儚げだった。

「油は気を遣うからね」

甲次郎が言った。

善太郎とは幼なじみで、わらべのころからずっと一緒に遊んできた。本所の隅から隅まで知っている男だ。

「いま大根をおろすから」

おそめが言った。

「すまねえな」

甲次郎はいなせに右手を挙げた。

市松模様の手拭《てぬぐい》を吉原《よしわら》かぶりにしている。歳《とし》のわりに上背《うわぜい》もあるから、見栄えのする屋台のあるじだ。

「おとしさんはどうだい」

善太郎がたずねた。

甲次郎の女房のおとしは病《やまい》がちで、だいぶ前から寝たり起きたりだ。ことに、おととし気落ちする出来事があってから、めっきり弱ってしまった。

「まあ、ぼちぼちだ。ゆうべは湯屋にもつれて行ったしよ」

甲次郎は渋く笑った。

そんな話をしているあいだ、おそめは小気味よく大根をおろしていた。砂村《すなむら》の百姓が運んでくれる筋のいい大根だ。

気の利いた天麩羅の屋台には大根おろしが置かれている。江戸の人々はおおむねさっぱりしたものを食していたから、天麩羅はともすると油っこく感じられてしまう。

そこで、大根おろしの出番だ。立って食べやすいように串揚げにした天麩羅を大根おろし入りの天つゆにつけて食せば、さっぱりと胃の腑《ふ》に入る。

「あとでおとしさんに煮物を届けるから」

手を動かしながら、おそめが言った。

「ああ、すまねえ。それなら安心して出られるよ」

甲次郎は笑みを浮かべた。

ほどなく、大鉢一杯の大根おろしができあがった。

「なら、行ってくるぜ」

甲次郎は大きな屋台を担いだ。

「ああ、気をつけて」

家主の夫婦に見送られて、天麩羅の屋台が長屋の横手からなみだ通りに出ていった。

五

それからややあって、庄兵衛のおでんの屋台の支度が整った。

もっとも、一度振り売りから帰ってきて、仕込みを終えての再びの船出だ。

四つの屋台のなかではわりかた運びやすい。串に刺したおでん種を煮た鍋と、燗酒《かんざけ》を入れた鍋。二つの鍋を天秤棒で担いでいくだけだから小回りが利く。

七つ（午後四時）ごろ、まず両国橋の東詰へ振り売りに行く。その第一陣をさばいてから本所相生町に戻り、仕込みをしてからまた出かけていく。今度は近場のなみだ通りで、おおむね売り切れるまでつとめる。

「今日の発句《ほっく》はどうだった？」

善太郎がたずねた。

「いやあ、ろくな句はできませんでしたよ」

庄兵衛は笑みを浮かべた。

さほど有名ではないが、東西《とうざい》という俳号を持つ俳諧師《はいかいし》でもある。つとめの手が空いているときは、発句を思案して書き留めておくのが日課だが、今日はあいにく不作だったようだ。

「これからできるかもしれないよ」

おそめが言った。

「夜はたまにおのれでも呑むので」

今年で三十八になる男が答えた。

「呑んだほうが発句も浮かぶだろうしね」

と、善太郎。

「はは、呑むと頭に血が回るので。なら、行ってきます」

庄兵衛はそう言うと、いい香りの漂うおでんの屋台を担いだ。

「相変わらず働いてくれるね、庄さんは」

屋台を見送ったあと、おそめが大根の皮をむきながら言った。

さきほどは天麩羅の屋台の大根おろしだったが、今度は漬け物だ。

「夏になると、おでん屋から鰻《うなぎ》屋になるからな」

煙管《キセル》で一服しながら善太郎が言った。

庄兵衛の屋台は、一日ばかりでなく一年でも二度のつとめに出る。あまり暑くなるとあったかいおでんの売れ行きは陰ってくる。そうしたら、鰻の蒲焼《かばや》きの屋台に早変わりだ。なにぶん器用なたちだから、本職はだしの蒲焼きをつくる。庄兵衛の屋台から漂う香りが変わったら、季《とき》が夏に移ろった証《あかし》だ。

「まあ、働いてたほうが気がまぎれていいとは言ってたけどねえ」

と、おそめ。

「そりゃあ、ぽろりと出た本音だろうね。長年連れ添った女房を、おととしはやり病《やまい》で亡くしちまったんだから」

善太郎は気の毒そうに言った。

「ほんに、あのときはこの界隈でもわりかた人死にが出てしまって」

おそめの表情が曇る。

「庄兵衛の女房も、甲次郎のせがれも、気の毒なことだったよ」

善太郎はそう言うと、ゆっくりと煙を吐いた。

江戸の人々はさまざまな災いに見舞われてきた。

火事もあれば地震もある。激しい雨風や高波にも見舞われる。

もう一つ、恐ろしいのははやり病だ。疱瘡《ほうそう》やコロリなど、多くの者が命を落とすはやり病がある。

江戸では五年前の夏、コロリが流行《はや》って多くの人死にが出た。この病を避けるため、狩《か》野探幽《のうたんゆう》が描いた百鬼夜行《ひやっきやぎょう》のぬれ女の図が神社姫と称されてほうぼうで描かれた。当時のなみだ通りは神社姫だらけになったものだ。

その甲斐あってか、この界隈《かいわい》でコロリでの死人は幸いにも出なかったのだが、ほかにも恐ろしい病はしばしば起こる。はやり風邪も剣呑《けんのん》だ。毎年、江戸のどこかの町がはやり風邪に見舞われてしまう。

おとしは本所がその災いに見舞われた。

通りや長屋のほうぼうで咳《せ》きこむ声が響きだしたかと思うと、あっという間に広がって、医者も手が回らなくなってしまった。治すほうの医者もはやり風邪に罹《かか》り、ろくに動けないのだから手の施しようがない。

そのときの風邪で、庄兵衛の女房のおこうと、甲次郎の跡取り息子の乙三郎《おとさぶろう》が命を落とした。痛恨の出来事だった。

「頼りにしていたせがれの乙三郎さんが亡くなってから、おとしさんはめっきり弱っちまったんだからねえ」

おそめがあいまいな顔つきで言った。

甲次郎の女房のおとしの「気落ちする出来事」とはこのことだった。

「そりゃあ、無理もないよ。ただ、庄兵衛も甲次郎も、嫁いだ娘さんが気にかけてときどき来てくれるのが救いだね」

善太郎が言った。

「うちは嫁いだ娘が亡くなってしまったからねえ」

おそめの顔が曇った。

当時はお産で命を落とす女が格段に多かった。善太郎とおそめの娘のおしづもかわいそうなことになった。母も子も助からなかった。いまからもう十年あまり前の話だが、いまだに月命日にはお経を唱えて両手を合わせている。

「その代わり、せがれは達者だが、どうも危なっかしいから」

善太郎はそう言うと、煙管を納めにかかった。

のべつまくなしに吹かしているわけではない。一日のうち、よほど手が空いたときに息抜きに吸うだけだ。

「小太郎《こたろう》もそろそろ落ち着いてくれればいいんだけど」

おそめが少しあいまいな顔つきで言った。

「長屋も屋台もあいつが跡取りなんだからな」

と、善太郎。

「人は悪くはないんだけどねえ。どうも流されるところがあるから」

おそめが嘆いた。

跡取り息子の小太郎は今年で二十一になる。

屋台が集結する本長屋のほかに、もう一棟、善太郎はいくらか離れたところに長屋を持っている。小太郎がその長屋の世話人ということになっていて、寝泊まりもそちらでしている。

朝のうち、河岸で荷下ろしの手伝いをして酒代を得ると、昼間から両国橋を渡り、西詰で芝居を観たり茶屋に入ったり好き勝手なことをしている。東詰ではないのは、親の目から遠いからだ。

母が言うとおり、人としてのたちは悪くはない。幼なじみはたんといて、折にふれて声をかけてくれる。友との付き合いは如才なくするし、情もある。前に火事で焼け出された人が出たときは、率先して声をかけて芋粥《いもがゆ》をふるまっていた。

「流されるのと、根が続かないのがあいつの玉に瑕《きず》だな」

善太郎が嘆いた。

小太郎がいま詰めている長屋は、本長屋と違って河岸の表通りにも面している。ゆくゆくはそこに見世を出させるべく、小太郎にはまず料理人の修業をさせた。

十二のときに浅草の名店に入らせたのだが、親方や兄弟子による厳しい指導に耐えかねて、半年あまりで飛び出してしまった。

善太郎は菓子折りを提げて親方にわびを入れ、ひとたびは戻したのだが、やはり長続きがせず、とうとう引導を渡された。

十五のときは鰻の名店に弟子入りした。鰻屋なら近くにあきないがたきもあまりいないからのれんを出せる。善太郎はそう踏んだのだが、これまた二年も経《た》たないうちにこらえ性なくやめてしまった。それ以来、半端な仕事をしながらのらくらと日々を過ごしている。小太郎の身が定まっていないのは、善太郎とおそめにとってはいちばんの悩みの種だった。

「そろそろ落ち着いて、またどこぞで修業でも始めてくれればいいんだがねえ」

おそめが嘆息まじりに言った。

「長屋や屋台を持ってるから継げばいいと思ってたら大間違いだからな。そういう料簡《りょうけん》のやつに継がせるわけにはいかねえ」

善太郎が厳しい顔つきで言ったとき、最後の屋台が動きだした。

親子寿司の屋台だ。

「おとっつぁんはゆっくり来てくんなよ」

寿一のせがれの寿助の声が聞こえてきた。

六

御すし

屋台にそう記されている。

屋根は市松模様だ。蕎麦屋の風鈴と同じく、寿司屋にはなじみのものだ。

「なら、いつものとこで」

寿助は重そうな屋台を担いだ。

とりどりの寿司だねに皿などがあるから、なかなかの重さだ。

「承知で。飯桶などは運ぶから」

善太郎が答えた。

寿司の屋台は長屋からいちばん近いところに出す。蕎麦屋はほかの通りへ流しに行くこともあるが、屋台のかさがある天麩羅と寿司、それにおでんは同じところだ。雨降りや風の強すぎる日を除けば、おおむね決まったところに出すことにしている。

「どうですかい、調子は」

善太郎は寿一を気遣った。

寿司屋のあるじは五十代の半ばだから、歳はだいぶ上だ。

「せがれが湯屋につれてってくれるから、まあ何とか」

杖を頼りに歩きながら、寿一は答えた。

「ひと頃よりしっかりしてきたよ、寿一さん」

おそめは大きな丼に入れた醬油を運んでいる。

寿司を受け取った客は、好みで醤油につけ、そのまま立って食す。いまのような醤油差しではなく、丼に醤油を入れていた。

「そうかい。ま、せっかくせがれが手伝ってくれてるんだから、あとどれくらいできるか分からねえがな」

寿一はおそめに言った。

「寿一さんの寿司じゃなきゃっていうお客さんは多いからね」

飯桶を運びながら、善太郎が言った。

中身はすでに酢飯になっている。知多《ちた》の半田《はんだ》から来た上物の酢を用いた寿一の酢飯は、それだけを食しても存分にうまいというもっぱらの評判だった。

酢飯をつくるのにはこつが要《い》る。杓文字《しゃもじ》でむやみにまぜたりしてはいけない。しゃっしゃっと切るように手際よくつくらねばならない。そのあたりの寿一の手わざは水際だっていた。

「お客さんが来てくれるうちは、もうちょっとやらせてもらうよ」

杖を頼りに歩を運びながら、寿一は答えた。

せがれの寿助はすでに屋台を置き、提灯に灯《ひ》を入れるところだった。

赤提灯には「すし」と仮名で記されている。まだ夜は浅いが、闇が濃くなるにしたがってその赤は遠くからも見えるようになる。

「ありがたく存じます。あとはやりますので」

寿助が善太郎から飯桶を受け取った。

「はい、支度は終わり」

おそめが醬油の丼を置いた。

「よっこらしょ、と」

寿一は寿助が広げた莫蓙の上に腰を下ろした。

ずっと立ちっぱなしで、客が来たときだけ握って渡す寿司の屋台もあるが、足の悪い寿一はそうはいかない。客あしらいはせがれに任せ、莫蓙に座って仕事をするのが習いになっていた。

「なら、口切りにいつものやつを」

善太郎が笑みを浮かべた。

「へい、承知で」

寿一は笑みを浮かべると、ふっと一つ息を吐いて気合を入れた。

「はいよ、おとっつぁん」

寿助がたねを一つ選び、皿に載せて父の莫蓙の上に置く。

それは玉子焼きだった。

寿一は昔ながらの押し寿司ばかりでなく、江戸ではまだ珍しい握り寿司も手がけている。その手わざを見るために、わざわざ遠くから見物に来る者もいるほどだ。

たねは玉子に刺身などで、鯖《さば》の押し寿司などもあるからむやみに多くはないが、なみだ通りの名物として親しまれるようになってきた。

寿一は鮮やかな手つきで酢飯をまとめると、玉子焼きを上に載せ、手で形を整えた。

「はい、上がり」

皿に載せてせがれに渡す。

「お待ちで」

昼間は大工をしている寿助が笑顔で善太郎に渡した。

「おお、来た来た」

玉子の握り寿司は人情家主の好物だ。

玉子は貴重だから値は張るが、魚の煮汁も絶妙に加えて焼き上げた寿一の玉子焼きは食通をうならせるほどの出来だ。しかも、酢飯と合う。

「少し食うか?」

善太郎はおそめに訊《き》いた。

「いいよ、おまえさん。わたしゃ食が細いほうだから」

おそめが答えた。

いまと違って、江戸の握り寿司は格段に大きく、飯の量が多かった。一つ食っても小腹が満たされるほどだ。

「そうかい。なら……」

善太郎は寿司をつまむと、丼の醬油にゝ《ちゆ》とつけてから口に運んだ。

「うまいねえ」

胃の腑に落としてから言う。

「なら、気張ってくださいまし」

頃合いと見て、おそめが言った。

「承知しました。ありがたく存じます」

寿助が白い歯を見せた。

七

おそめはそのまま長屋に戻るが、善太郎はすべての屋台をひと回《まわ》りしていく。それが習いになっていた。

寿一と寿助の寿司の屋台から、半町（約五十メートル強）も離れていないところに甲次郎の天麩羅の屋台が出ている。すぐ近くに三味線の師匠の稽古場があり、稽古を終えたお弟子さんがよく買ってくれる。家並みがちょうど風よけにもなってくれるから、出すのはいつも同じ場所だ。

すでにいくたりか客が来ていた。揃いの半纏《はんてん》をまとった土地《ところ》の火消し衆だ。夜廻りの途中に屋台に立ち寄り、ひとしきり話をしてからまた見廻りに行く。

「ご苦労さんで」

善太郎は火消しのかしらに声をかけた。

「おお、こりゃ元締め、お疲れさんで」

かしらがだいぶ髷《まげ》が白くなった頭を下げた。

人情家主の善太郎は本所の顔役の一人だから、火消しからも一目置かれている。

「今夜も幸い、無事みな船出してくれたので」

善太郎は笑顔で答えた。

「急な雨に降られて湊に戻ることがなきゃいいんですが」

甲次郎がそう言って、芝海老《しばえび》の串を火消しに差し出した。

天麩羅の屋台で出る海老はおおむね芝海老だ。江戸前の芝浦《しばうら》のあたりで多く獲れるため、その名がついた。

三寸（約十センチ）くらいの長さのものは串揚げに、もっと小さなものはかき揚げにして皿で出す。小さくても味が濃くてうまいのが芝海老だ。

「火が出てるときだけ降ってくれりゃいいんだがな」

火消しの纏《まとい》持ちが戯れ言を飛ばした。

「なら、ほかの見廻りに行ってくるよ」

善太郎が軽く右手を挙げた。

「蕎麦屋まで小舟が出るかもしれないので」

甲次郎が小ぶりの丼を手で示した。

「はは、言っておくよ」

善太郎は笑みを浮かべた。

屋台同士はそれぞれに離れているが、客が食べ物を運ぶことはできる。寿司はともかくとして、天麩羅やおでんは蕎麦に入れてもなかなかに乙《おつ》だ。

なみだ通りの常連はそのあたりをよく心得ていて、甲次郎の屋台で丼に天麩羅を入れ、庄兵衛の屋台でおでんを見繕い、最後に卯之吉の蕎麦に加えて食したりする。まるで具を載せた小舟のような按配《あんばい》だ。

丼は客が返すこともあれば、卯之吉が戻してやることもあった。元締めが同じだから、そのあたりはどうとでもなる。

善太郎はほどなく、三つ目のおでんの屋台に着いた。

「じゃがたら芋がいい塩梅《あんばい》に煮えてますが、いかがですか、元締め」

庄兵衛が水を向けた。

おでんの屋台のあるじはいろいろ試してみるのが好きで、よそでは出ないたねも出す。じゃがたら芋のおでんは江戸ではいたって珍しい。

「いや、玉子寿司をいただいたからね。お客さんに売っておくれ」

善太郎は笑みを浮かべた。

「おっ、客かと思ったらおまえか」

おでん屋の屋台のあるじが笑みを浮かべた。

ひょこっと姿を現わしたのは、なみだ通りをねぐらにしている雄の黒猫だった。なかなかの恰幅《かっぷく》でまなざしに力があるから「親分」と呼ばれている。

「蛸《たこ》でも食ったら腰を抜かすからな」

善太郎はそう言うと、黒猫の頭をひとしきりなでてやった。

人なつっこい親分がのどを鳴らす。

ここで提灯を提げた二人の客が近づいてきた。

「なら、またあとで」

あきないの邪魔をしないように、善太郎はさっと切り上げて最後の蕎麦の屋台に向かった。

八

卯之吉の風鈴蕎麦の屋台には先客がいた。

「おや、これはこれは役者衆がおそろいで」

善太郎が笑顔で声をかけた。

「とんだ役者だよ」

いなせな武家が丼を置いて答えた。

「いやいや、本所方《ほんじょかた》の旦那《だんな》方は男前ぞろいですから」

卯之吉が調子よく言った。

「われらは地味なつとめゆえ」

そう言って笑みを浮かべたのは、本所方与力の魚住剛太郎《うおずみごうたろう》だった。

その名のとおり、剛直で筋を通す男だ。与力のつとめばかりでなく、回向院の近くの道場では師範代もつとめている。本所では指折りの剣客だ。

「舞台などに出たら、台詞《せりふ》が頭から飛んでしまうよ」

笑みを浮かべたのは本所方同心の安永新之丞《やすながしんのじょう》だった。

こちらは女形でもつとまりそうな容子のいい優男《やさおとこ》で、習いごとにいそしむ本所の娘たちからはひそかに「新さま」と呼ばれている。

「安永さまがお出になったら、女客からおひねりが飛びましょう」

善太郎は身ぶりをまじえた。

「いやいや、遠慮しておこう」

安永同心はまったく乗ってこなかった。

魚住与力が言うように、本所方は「地味なつとめ」だ。

与力が一名、同心が二名。ほかに、出水があったときに出動する鯨船《くじらぶね》の水主《かこ》がいる。平生は橋や普請場などの見廻りを行い、いざというときに備えている。

捕り物は町方の廻り同心のつとめゆえ、本所方が行うことはない。ただし、町同心の頭数はいたって少ないから、本所方や土地の岡っ引きも取り調べに力を貸すことはいくたびもあった。

「よし、胃の腑も満ちたし、次へ廻るぞ、新之丞」

魚住与力はきびきびと言うと、丼を返して銭を払った。

「承知で」

安永同心があわてて残りの蕎麦を胃の腑に落とした。

「毎度ありがたく存じます」

卯之吉がていねいに頭を下げた。

「お役目ご苦労さまで」

善太郎が声をかけた。

九

元締めが長屋に戻ったあとは、それぞれの屋台があきないをする。

いつまでやるかは屋台によって違う。むろん、売り切れたら戻るが、今夜はもう潮時だと思えば早めに帰ることもある。

卯之吉の風鈴蕎麦は、いちばんに戻ることが多い。むやみに長く出していても蕎麦が伸びるばかりだからだ。

常連はそれを知っているから、売り切れぬうちに食べに来る。

今夜もその一人が提灯を提げてやってきた。

「おう、弟子をつれてきてやったぜ」

卯之吉に声をかけたのは、つまみかんざしづくりの親方の辰次《たつじ》だった。

色とりどりの布を巧みにまとめて鳥や花などを表していく手わざの持ち主だ。本所にはこういった職人が多く住んでいる。

「ありがたく存じます。……住み込みかい？」

まだおぼこい顔の弟子に、卯之吉はたずねた。

「はい。入ったばかりで」

弟子が答えた。

「これから長《なげ》え修業だ。いくたびもここの蕎麦の世話になるかもしれねえ。いい鰹節《かつおぶし》を使ってるからうめえんだぞ」

親方が笑みを浮かべた。

「焼津《やいづ》の鰹節を使ってるからな。おめえさんはどこの出だい？」

蕎麦づくりの手を動かしながら、卯之吉は弟子にたずねた。

「相州《そうしゅう》の藤沢《ふじさわ》で」

「江ノ島の近くだな？」

「はい」

そんな調子で、やり取りをしながらだんだんに打ち解けていく。

聞けば、辰次の女房の遠縁で、兄弟が多いため江戸へ修業に出ることになったようだ。親元を離れて住み込みの修業は心細いだろうが、厳しいけれども情のある親方だから大丈夫だろう。

「ときに、おめえさんはなんでまた蕎麦の屋台をやりだしたんだい？」

蕎麦をたぐりながら、親方がたずねた。

「ええ、まあ……若いうちから修業に入る職人さんと違って、端《はな》から蕎麦の屋台を担ごうっていう者はあんまりいねえんで」

卯之吉はややあいまいな返事をした。

「まあ、そりゃそうだな」

辰次はそう言って、残りのつゆを呑み干した。

少し遅れて、弟子も蕎麦を食べ終えた。

「どうだ。うまかったか」

親方が訊く。

「はいっ」

弟子が満足げに答えたから、屋台に和気が漂った。

つまみかんざしづくりの二人が帰ったあと、しばらく客が途切れた。

どこの屋台もそうだが、むやみに客が押し寄せることはない。気長に待っている時のほうがよほど長い。

親方には伝えなかったが、卯之吉が蕎麦の屋台を担ぎだしたきっかけははっきりしていた。

大火で家族を亡くしてしまった卯之吉は意気消沈していた。新たに住むところは見つかったが、戻ってもだれもいない。河岸の荷下ろしのつとめで日銭を稼ぎ、煮売り屋でいくら呑んでも心が満たされることはなかった。

いっそ、死のうか。

大川に身を投げて死ねば、女房とせがれのところへ行ける。

そう思った卯之吉は、何かに魅入られるように大川端へ向かった。

そこに蕎麦の屋台が出ていた。

つゆの匂いをかいだとき、腹がきゅうと鳴った。

これから身投げをしようというのに、腹は減るらしい。ならば、この世の食べ納めにしよう。

卯之吉はそう肚《はら》を決め、一杯の蕎麦を食した。

その味が、心にしみた。

何の変哲もない屋台の蕎麦の味が、五臓六腑《ごぞうろっぷ》とたましいにしみわたるかのようだった。

卯之吉のまぶたからほおへ、そして、蕎麦の丼へと、ひとすじの水ならざるものがしたたり落ちていった。

おのれの涙がしみた蕎麦のつゆを卯之吉は呑んだ。

一杯の屋台の蕎麦のおかげで、卯之吉は身投げを思いとどまった。

いまはつらくとも、もう少しこの江戸の町で暮らしていこうと思ったのだ。そのうち、いい風も吹いてくるかもしれない。

あのとき食した涙のしみた蕎麦の味は、なかなかに忘れがたかった。

それが巡り巡って、今度はおのれが屋台を担ぐことになった。

話が湿っぽくなるから親方には告げなかったが、卯之吉の蕎麦にはそんないきさつがあった。

ややあって、闇の中からゆっくりと提灯の灯りが近づいてくる。

……客だ。

「いらっしゃいまし」

なみだ通りの蕎麦屋は、いつもと変わらぬ声をかけた。

十

「お疲れさんで」

善太郎が庄兵衛に声をかけた。

屋台という船が湊へ戻ってくるのを、人情家主とその女房は必ず出迎える。

蕎麦と寿司と天麩羅に続いて、しんがりに庄兵衛のおでんの屋台が戻ってきた。

「じゃがたら芋と厚揚げがだいぶ残っちまいましたよ」

庄兵衛は苦笑いを浮かべた。

「あら。どちらもおいしいのに」

おそめが言う。

「なら、持ってってください」

おでんの屋台のあるじが水を向けた。

「そうねえ。またおなかが出そうだけれど」

おそめは帯に手をやった。

「小太郎はもう寝てるだろうな」

と、善太郎。

「どうかしら。ときどき夜も出かけてるみたいだけど」

おそめは首をかしげた。

「だれか夜なべ仕事をしてるかもしれないから、鍋を持ってってやろう」

善太郎が言った。

「明日までは保《も》ちますから」

庄兵衛が笑みを浮かべた。

段取りが整い、善太郎とおそめはおでんを入れた鍋を持って小太郎の長屋へ向かった。

ちょうど長屋から人影が現れた。店子の左官だ。上背があるからすぐ分かる。

「湯屋かい？」

善太郎が声をかけた。

「さようで」

左官は短く答えた。

「小太郎はもう寝たかしら」

おそめがたずねた。

「さっき出かけていったみたいっすよ」

左官が答える。

「湯屋かしら」

そう言いながら、おそめはわずかに顔をしかめた。

何がなしに嫌な感じが走ったのだ。

それは、虫の知らせのようなものだった。

第二章　嘘と真《まこと》

一

「こりゃあ、止《や》みそうもないね」

空を見上げて、善太郎がうらめしそうに言った。

「今夜はお休みかしら」

おそめがちらりと覆いのほうへ目をやった。

屋台はまだ一台も動いていない。もとは船の帆だった覆いの下だ。

「仕込みはなしで」

卯之吉がふらっと姿を現わして言った。

「あきらめが早いね」

善太郎が笑みを浮かべた。

「夜から晴れて、『屋台を出せたな』って思うくらいがちょうどいいんで」

風鈴蕎麦のあるじが言った。

そこへ庄兵衛も顔を見せた。

「今日は相模《さがみ》屋だな」

おでんの屋台のあるじが近場の煮売り屋の名を出した。

「蕎麦屋とおでん屋は仕込みに時がかかるからね」

おそめが言う。

「そうそう。あきらめが肝心で」

卯之吉が言った。

「この降りじゃ、せっかく咲いた桜も保《も》たないかもしれないね」

と、善太郎。

「そうですね。晴れたら昼間に墨堤《ぼくてい》へ足を延ばして来ようかと思ってたんですが」

俳諧師でもある庄兵衛が言った。

「まあ、今晩はとりあえず相模屋へ」

卯之吉が水を向けた。

「なら、もう開いてるだろうから」

庄兵衛がすぐ乗る。

卯之吉と庄兵衛は歳も近いから、よろずに気が合う。なかには御神酒《おみき》徳利《どっくり》と呼ぶ者もいるくらいだ。

「わたしもあとで顔を出すよ」

善太郎が言った。

「承知で」

「先にやってますんで」

蕎麦屋とおでん屋の声がそろった。

かくして、話が決まった。

二

残る二台も、ほどなく休みと決まった。

足の悪い寿一に無理をさせるわけにはいかないので、せがれの寿助も休むことになった。

大工と二股でいつも気張っているから、骨休めにちょうどいい。

せがれの寿助がいずれ寿司の屋台を継ぐのかと思っている者もいるが、寿助は親方からその腕を買われている大工だ。当人も普請仕事にやり甲斐を感じているから、寿司の屋台はあくまでも父の手伝いとして担いでいる。

握りまでできる寿一の腕を惜しむ向きもあるが、腕のいい大工のせがれに無理に継がせる気はさらさらないようだった。

もう一台、甲次郎の天麩羅の屋台も休みになった。女房のおとしの具合が芳しくないから、雨の日は相模屋にも行かずそばにいてやるのが常だ。仕入れた食材は、精がつくようにと女房のために料理する。

雨降りの日のなみだ通りは、ことに寂しい。ただし、夜になっても灯りがともり、話し声や笑い声が響いてくる場所もあった。

その筆頭が相模屋だ。

なみだ通りではいちばん両国橋の東詰に近いから、そこはかとなくにぎわいの余韻《よいん》が漂っている。

相模屋の見世先の立て看板には、こう記されていた。

さしみ

御にもの
おすいもの
茶づけ

河岸に近いから、活きのいい魚が入る。それを手際よくさばいた刺身がまず看板料理だ。次は煮売り屋の顔とも言うべき煮物だ。煮魚に煮豆に野菜の煮しめ。江戸の甘辛い味つけで出している。これが酒に合う。

「おすいもの」はただの吸い物ではない。酒の肴《さかな》を兼ねているため、いたって具だくさんだ。

茶漬けはそれだけを出す見世も多い。煮売り屋の看板料理の一つになっているのは珍しかった。

相模屋のあるじは大吉《だいきち》。かつては善太郎のもとで担《にな》い屋台の煮売り屋をしていた。担い屋台と辻売りの屋台、それに屋根付きの見世。煮売り屋には三種がある。

両国橋の東詰まで、担い屋台の煮売り屋として朝から晩まで気張っていた大吉は、そのうち縁あって女房のおせいと夫婦《めおと》になった。ちょうどその時分にいい按配のところが空いたので、善太郎の口添えもあり、思い切って二人で煮売り屋を始めることになった。

屋台の担い手としては、いまのところ出世頭だ。その後は山あり谷ありだったが、だんだんに常連が増え、なかには橋を渡ってまでのれんをくぐってくれる客までつくようになった。

屋台ではないが、同じ仲間のようなものだ。雨降りで屋台を出せない日、なみだ通りの面々が相模屋に向かうのは、いたって当たり前のことだった。

三

「気張って寺子屋へ行ってるか？」

庄兵衛がわらべに声をかけた。

「うん。行ってるよ」

そう答えたのは、相模屋の娘のおこまだった。

まだ七つだから看板娘はいささか荷が重いが、客にかわいがられながら順調に育っている。

「風斎《ふうさい》先生は元気かい？」

庄兵衛が問うた。

「うん、元気よ」

おこまは少し大人びた口調で答えた。

むろんまだかむろ頭だが、背丈はだいぶ伸びた。

「おとつい見えましたよ、風斎先生」

あるじの大吉が厨《くりや》から言った。

奥に小上がりの座敷、手前に莫蓙を敷いた土間。それぞれに陣取った客にできた料理を運ぶ。煮売り屋らしい簡明なつくりだ。厨の前の板には、大鉢や皿に盛った料理が並んでいるから、指さして所望すればすぐ食べることができる。

「そうかい。しばらく句会もやってないから、やりたいところだね」

東西という俳号をもつ庄兵衛が言った。

「なら、伝えときます」

大吉が愛想よく答えた。

中園《なかぞの》風斎はこのあたりで寺子屋を営んでいる学者だ。よろずに学があり、俳諧もたしなむ。

ほかに、噺家《はなしか》や医者なども集まり、親睦を兼ねて句会を催すことがあった。ただし、煮売り屋ではできないから、いくらか離れたやぶ重《しげ》という蕎麦屋で行うのが常だった。本所に屋敷がある囲碁の本因坊《ほんいんぼう》家の御用達《ごようたし》の蕎麦屋だ。

「それにしても、よく降りやがるな」

卯之吉がちらりと天井を見上げた。

「ほんに、せっかく桜が咲いたところなのに」

おかみのおせいが言った。

「晴れたら花見に繰り出しますかい？」

「いま行かねえと散っちまいますぜ」

座敷の大工衆の声が聞こえてきた。

本所はほうぼうで普請仕事があるから、さまざまな大工衆が出入りしている。

「普請はどうするよ、おめえら」

煮蛸《にだこ》をつつきながら、大工の棟梁《とうりょう》が言った。

相模屋が仕入れているのは久里浜《くりはま》の上物の蛸だ。大根で足をたたいてやわらかくしてからともに煮るのが定番料理になっている。

「そりゃ、さーっとやっちまって」

「日の高《たけ》えうちに切り上げて花見を」

若い衆が調子よく言った。

「馬鹿、普請が遅れてるんだ。花見よりつとめだぜ」

棟梁が手綱《たづな》を締める。

「月が出てりゃ、夜桜を見物に行きな」

古株が半ばたしなめるように言った。

「へい、そうしまさ」

「しょうがねえや」

若い衆の声が少し落ちたとき、客が入ってきた。

人情家主の善太郎だった。

四

「春の刺身はやっぱり鯛《たい》だね」

舌鼓を打った善太郎が笑みを浮かべた。

「桜鯛って言いますからね」

と、庄兵衛。

「こりこりしててうめえや」

卯之吉も満足げな顔つきだ。

「ただ、それは桂鯛《かつらだい》なんですよ」

包丁を動かす手を止めて、大吉が言った。

「内房《うちぼう》の桂網で獲れた鯛だね」

善太郎が言った。

「さすが、よくご存じで」

相模屋のあるじが白い歯を見せる。

桂網は大がかりな敷網で、そこに振り縄で鯛を追いこんで一網打尽にする。そこから桂鯛の名がついた。数隻の漁船に四十人ほどの漁師が加わる漁で獲れた鯛は、活きがいいまま江戸へ運ばれる。

「鯛茶もできるかい？」

庄兵衛が訊いた。

「はい、できますよ」

大吉が打てば響くように答えた。

「なら、締めにもらうよ」

おでんの屋台のあるじが言った。

「そりゃ、わたしも」

善太郎がさっと右手を挙げた。

「おいらだけ食わないわけにゃいかねえな」

卯之吉も続いた。

ややあって、大工衆が腰を上げた。

雨が上がれば、明日は朝からまた普請だ。

「ありがたく存じました」

「またのお越しを」

相模屋のおかみとあるじの声がそろった。

「ありがたく存じます」

酒樽の上にちょこんと座っていたおこまもぺこりと頭を下げる。

「おう、またな」

棟梁が大きな手で娘の頭をなでた。

おこまが笑みを浮かべる。

母のおせいは深縹《こきはなだ》、娘のおこまは浅縹、色の濃い薄いはあるが、どちらも縹色の着物をまとっている。

あるじの大吉は紺色の作務衣《さむえ》だ。青い着物でまとめているのは、相模の空と海の色に由来する。

大吉が生まれたのは、相模国の二宮《にのみや》、川勾《かわわ》神社の近くだ。兄弟が多かったため十四で江戸へ出てから、気張って働いて見世を持つまでになった。相州には久しく帰っていないが、故郷の空と海はなかなかに忘れがたいらしい。

大工衆の後片付けが終わった頃合いに、また次の客が入ってきた。

「うわさをすれば影あらわるですね」

庄兵衛が笑みを浮かべた。

相模屋に姿を現わしたのは、寺子屋の師匠の中園風斎だった。

五

「やれやれ、こんな雨の日に書物を買いに行くのはよしたほうがいいですね」

風斎はそう言って、少し濡れた豊かな総髪《そうはつ》を手拭で拭いた。

その隣には、風呂敷包みが大事そうに置かれている。書物を濡らすまいとしておのれが濡れてしまったのは、いかにも学者らしかった。

「あたたかいお吸い物をお出しいたしましょうか」

大吉が水を向けた。

「具だくさんの汁ですね？」

風斎がていねいな口調でたずねた。

「さようです」

大吉が答えた。

「浅蜊《あさり》だけのもできますが」

おせいが言った。

「あっさりしたやつだね」

庄兵衛が地口を飛ばしたから、相模屋に笑いがわいた。

「では、具の多いほうで」

風斎が言った。

「承知しました」

大吉はさっそく手を動かしだした。

酒の肴にもなる相模屋の汁は、おおむねけんちん仕立てだ。

豆腐に蒟蒻《こんにゃく》に根菜など。すべて胡麻油《ごまあぶら》で炒めてから汁の具にする。ぷうんと胡麻の香りが漂う、身の養いにもなる汁だ。

結局、みなが具だくさんの汁を頼んだ。

「筍《たけのこ》も入ってるんだな」

卯之吉が箸でつまんだ。

「旬のものですから」

大吉が答えた。

「おっ、起きたのかい」

見世の隅で大きな伸びをした猫に向かって、善太郎が言った。

「おいで、つくちゃん」

おこまが手を伸ばした。

妙に毛の長い猫は、知らぬ顔で座敷にひょいと上がった。

「猫は言うことを聞かないね」

善太郎が笑う。

相模屋では「つくちゃん」と呼ばれているが、正しい名は「つくば」だ。額《ひたい》の模様が筑波《つくば》山みたいに見えるからその名がついた。子猫のころに客から譲り受けた雄猫で、それ以来見世は繁盛しているから、福猫だというもっぱらの評判だった。

「筍は煮物もありますが」

おせいがさりげなく皿のほうを手で示した。

「なら、少しいただくよ」

善太郎が答えたとき、また外で人の気配がした。

「えれえ降られちまったな」

「ちょいと休んでいきましょうや」

そう言いながら入ってきたのは、土地《ところ》の十手《じって》持ちとその子分だった。

六

「ここは雨漏りしねえかい」

髷を小銀杏《こいちょう》に結った親分が天井を指さした。

「雨漏りするとこには桶を置いてありますので」

おかみが見世の隅のほうを手で示した。

「ときどき、つくが呑んでますが」

大吉が笑った。

「はは、猫の水吞みかい」

笑みを浮かべたのは、額扇子《ひたいせんす》の松蔵《まつぞう》という面妖《めんよう》な名の親分だった。

小銀杏は額を広く取る髪型だ。そこに扇子を載せ、調子よく歩くのが得意だから、いつしかその名がついた。祝いごとに呼ばれると、十八番《おはこ》のこの芸を披露する。

「おう、まだ起きてるのかい、おこまちゃん」

ひょろっとした子分が娘に声をかけた。

こちらはその体形から線香《せんこう》の千次《せんじ》と呼ばれている。親分も子分も頼りなさそうな名だが、どうしてどうして、悪を見抜く眼力にはなかなかのものがあった。

「そろそろ寝なさい」

おせいも言う。

「はあい」

おこまはやや不承不承に答えて寝所へ向かった。

「雨の日も見廻りで大変ですね、親分さん」

善太郎が松蔵に酒をついだ。

「雨音で声がかき消されるから、これ幸いとばかりに動きだす野郎もいるからな」

十手持ちは答えた。

「賭場《とば》か何かでしょうか」

風斎があごに手をやった。

「さすが、風斎先生」

松蔵がにやりと笑った。

「ここんとこ、本所でも賭場が開かれてるみたいなんで」

千次がそう言って焼き豆腐を口に運んだ。

とりどりの煮物がそろう相模屋のなかでも、焼き豆腐は人気の品だ。本所の筋のいい豆腐屋から毎日仕入れている。

品数が多いとはいえ、庄兵衛のおでんの屋台とはたねがかぶらないように気を遣っている。ゆえに、じゃがたら芋などは出ない。ときには屋台のおでんを客に勧めたりする。そのあたりは持ちつ持たれつだ。

「賭場かい」

善太郎がいくらか顔をしかめた。

胸のあたりに、少し嫌な感じが走った。

「本所方の魚住の旦那も目を光らせてるから、そのうち網にかかるかもしれねえ。それっぽいやつらが来たら知らせてくんな」

松蔵は大吉と善太郎の顔を半々に見て言った。

「承知しました」

相模屋のあるじが答えた。

「ほかの屋台にも伝えておきましょう」

人情家主も続く。

「おう、みなで力を合わせて賭場を突き止めてやろうぜ」

十手持ちの声に力がこもった。

七

雨は翌日の朝に上がった。

昼ごろからは晴れ間も覗《のぞ》いてきた。

「この按配なら、今夜は出せそうだね」

おでんの庄兵衛が笑みを浮かべた。

「仕込みをしなきゃな」

寿司の寿一が言った。

せがれの寿助は大工のつとめがあるし、おのれは足が悪いから、相模屋の大吉とおでんの庄兵衛がついでに仕入れも受け持ってくれている。大吉は魚、庄兵衛はおもに玉子だ。おでんのなかでも玉子はいちばん値の張る人気の品だった。

そんな按配で、みなの顔に笑みが戻った頃合いに、うって変わった暗い顔つきで小太郎が姿を現わした。

「おとっつぁん、折り入って相談ごとが」

小太郎は言った。

「何だ。眠そうな目だな」

善太郎はせがれの顔を見た。

「ああ、まあ」

小太郎はあいまいな返事をして、髷にちょっと手をやった。

細長い鯔背《いなせ》に結った髷がいささか浮いているように見える。

ここでおそめも出てきた。

「相談ごとがあるらしい」

善太郎は女房に告げた。

「そうかい。なら、お茶をいれるかね」

おそめは言った。

「立ち話では相談もできないからな」

善太郎が言った。

「へえ」

小太郎の声にはあまり力がなかった。

段取りが整った。

大家の部屋の座敷で、小太郎の相談事が始まった。

「おいらの長屋で、いずれ見世を出してあきないをっていう話があったよな、おとっつぁん」

小太郎はそう切り出して、湯呑みに手を伸ばした。

「おう、何かやる気になったのか」

善太郎は半信半疑の面持《おもも》ちでたずねた。

何をやっても長続きせず、のらくらしていたせがれだ。一念発起してあきないを始めるという顔つきでもない。

「そこの与兵衛鮨《よへえずし》がずいぶん繁盛してるのを見て、ちょいと思いついたんだ」

小太郎は身ぶりをまじえて言った。

「ああ、のれんを出したばっかりだけど、列ができるほどの人気だそうだからねえ、おまえさん」

おそめが善太郎の顔を見た。

「見世は狭いが、持ち帰りもやってるから大変な忙しさだそうだ。小鰭《こはだ》を食ったことがあるが、なるほどこれなら繁盛するなと思った」

善太郎はうなずいた。

与兵衛鮨は近場にできて間もない寿司屋だ。両国橋の東詰と回向院のあいだの路地にあるから、なみだ通りより大川寄りになる。

「おいらも並んで食ってみて、『こりゃいける』と思ったんだ」

小太郎は笑みを浮かべてみせた。

「あんた、寿司屋になるのかい？」

おそめが驚いたように問うた。

「おまえは寿司の修業をしたことがないだろう。寿一さんにやってもらうっていう手もあるぞ」

善太郎が言った。

「それも考えたんだけど、与兵衛鮨のあるじは手を動かしっぱなしで忙しそうだった。寿一さんには荷が重いかと」

小太郎は首をひねった。

「それもそうね」

と、おそめ。

「かと言って、おまえには無理だろう」

善太郎が言った。

「ああ、そこで……」

小太郎は茶を少し呑んでから続けた。

「人を雇って始めようかと思うんだ。与兵衛鮨の二番煎じでも、あれほどの繁盛なんだから、はやらないはずがないと思って」

「たしかに、二番煎じもいいところだな」

善太郎は苦笑いを浮かべた。

「与兵衛鮨のあるじはいろいろ苦労して、いまの見世を始めたって聞いたよ。それの猿真似《さるまね》はどうかねえ」

おそめはあまり乗り気ではなかった。

のちに握り寿司の開祖として崇《あが》められるようになる華屋《はなや》与兵衛は、紆余曲折《うよきょくせつ》を経て両国に与兵衛鮨を開き、大当たりを取った。

蔵前《くらまえ》の札差《ふださし》の手代《てだい》だった与兵衛は、贅沢が身にしみていたのがあだになり、身代をつぶすなどの辛酸をなめた。ただし、それを糧《かて》として立ち直り、上方《かみがた》風の押し寿司ばかりだった江戸の寿司を様変わりさせる握り寿司を考案した。

見世を開いたのは今年だが、初めは岡持に握り寿司を入れて売り歩き、早くも評判を取っていた。寿一はそのころに握り寿司を知り、おのれも握るようになったほどだ。

続いて、屋台を出した。山本《やまもと》のお茶を寿司と一緒に出すのも人気を博した。このたびの与兵衛鮨は満を持して出した見世だ。大勢の客が詰めかけるのは当たり前とも言えた。

「まあ、でも、当たると思うので」

小太郎はややあいまいな表情で言った。

「で、寿司職人にあてはあるのか？」

善太郎がたずねた。

「それは……求めをかけて、手間賃もはずむようにしようかと」

小太郎は答えた。

「見世の普請《ふしん》もあるから物入りだねえ」

おそめが言った。

「ああ、そこで……」

　小太郎はまた茶を呑んでから続けた。

「金を借りたいんだ」

　せがれは思い切ったように言った。

　その顔つき、ことに目の動きを、善太郎はじっと見ていた。

「いくらだ？」

　善太郎の声が少し低くなった。

　小太郎はおずおずと指を三本立てた。

「三両かい？」

　おそめが驚いたように問う。

「見世の普請と手間賃、それくらいはかかるかと」

　小太郎は言った。

「本当に、普請と手間賃に使うのか？」

　善太郎が問い詰めた。

「あ、ああ、本当だよ」

　小太郎はそう言ってうなずいた。

善太郎は腕組みをした。

またせがれの目を見る。そこに宿る光を判じる。

「工面《くめん》できないことはないだろうけど、三両は大金だねえ」

と、おそめ。

「どうあっても三両じゃなきゃいけないわけがあるんじゃないのか？」

善太郎は腕組みを解いて訊いた。

「えっ、そりゃあ、あの……」

小太郎はにわかにうろたえだした。

「雨降りのゆうべ、おまえはどこにいた？」

善太郎はさらに問い詰めた。

「おまえさん……」

おそめは何かに思い当たったような顔つきになった。

「松蔵親分から聞いた。ここんとこ、本所で賭場が開かれてると。ひょっとして、その三両は……」

善太郎がそこまで言ったとき、だしぬけに小太郎の形相《ぎょうそう》が変わった。

「うわあっ」

いきなりそう叫ぶなり、小太郎は素足のまま飛び出していった。

「待て」

善太郎が追う。

「小太郎」

おそめも続いた。

通りに出ると、人影が見えた。

ちょうど火消しの見廻りが来ていた。深川本所十六組のうち、この界隈を縄張りとする北組十一組の火消し衆だ。

「捕まえてくれ」

善太郎が叫んだ。

「どうした」

「小太郎じゃねえか」

そう言いながらも、火消し衆は通せんぼをした。

小太郎は逃げ場を失った。

「賭場へ通ってやがったんだ」

善太郎が怒気をはらむ声で告げた。

「そりゃ聞き捨てならねえ」

「神妙にしな」

屈強な火消し衆に捕まった小太郎は、へなへなとその場にくずおれた。

八

小太郎が賭場に出入りし、三両の借金をこしらえて親をだまそうとしたという話は、またたくうちに知り合いのもとへ広まった。

善太郎の長屋には、屋台のあるじばかりでなく、本所方の与力と同心、それに十手持ちとその子分も集まってきた。

「目の動きを見たら、嘘か真《まこと》かくらいは分かるからな」

善太郎が苦々しげに言った。

「ほんとに、情けないったらありゃしないよ」

おそめが何とも言えない表情で言った。

「これを機に料簡《りょうけん》を改めるんだな」

おでんの庄兵衛がさとすように言った。

「もう懲りただろう」

蕎麦の卯之吉も和す。

「へい……懲りました」

小太郎は悄然《しょうぜん》とした様子で答えた。

「で、賭場の場所だが」

魚住剛太郎与力が肝心なところに踏みこんだ。

「無住《むじゅう》になってる道場で……」

小太郎はすっかり観念して、賭場が開かれる場所を包み隠さず伝えた。

「次はいつ開く？」

今度は安永新之丞同心がたずねた。

「晦日《みそか》の晩で」

小太郎は答えた。

「なら、町方に伝えて網を張れますな」

松蔵親分が気の入った声を発した。

「そうだな。火消し衆も加勢を頼むぜ」

魚住与力が言った。

「へい」

「合点で」

そろいの半纏《はんてん》姿の火消し衆が答えた。

「三両の負けは……」

小太郎が小さな声で訊いた。

「賭場の連中を一網打尽にすれば、払うことはねえや」

魚住与力が答えた。

ほっ、と一つ小太郎が息をつく。

「でも、あとで恨まれたりしませんでしょうか」

おそめが案じ顔で問うた。

「ほかにも賭場には客がいたんだろう？」

安永同心が小太郎にたずねた。

「へい。広い賭場で、橋向こうからも客がだいぶ来てました。あきんどや、なかには武家も」

小太郎は答えた。

「それなら、おまえが伝えたと分からないかもしれないな」

善太郎が言った。

「御礼参りが怖いけど」

おそめが首をすくめる。

「一人残らず網にかければいいだろう。賭場の胴元は打ち首か、助かっても遠島《えんとう》だから、まず心配あるまい」

魚住与力が言った。

「おれらも見張ってるんで」

「安心しててくんな」

頼りになる火消しが言った。

「ありがたいことで」

おそめはそっと手を合わせた。

その後も小太郎への聞き取りはひとしきり続いた。

人付き合いがよく、人に流されるところがある小太郎は、古いなじみからの誘いを断りきれず、賭場に出入りするようになった。

「初めのうちは目が出てたんで、つい……」

小太郎は顔を伏せて言った。

「馬鹿だな。それはやつらの手だよ」

同年輩の寿助が半ばあきれたように言った。

「まんまと嵌《は》められたな」

天麩羅の甲次郎が唇をゆがめた。

「まあ、これに懲りてやり直すしかないな」

庄兵衛が笑みを浮かべた。

「へい……」

小太郎は弱々しくうなずいた。

「なら、捕り物が終わるまで、じっとしていなさい」

おそめが言った。

せがれはまたうなずいた。

「そのあとはどうするんで？」

卯之吉が善太郎に問うた。

「そうさな……」

善太郎はうなだれている小太郎の顔をしばし見た。

「おまえ、長屋で寿司屋をやるから、そのために三両要るって言ってたな」

父はたずねた。

「嘘八百で、面目《めんぼく》ねえ」

小太郎は額に手をやった。

「その嘘を真《まこと》にしてみる気はないか」

善太郎は意想外なことを口走った。

「嘘を、真に？」

小太郎はけげんそうに問い返した。

「おまえさん、それじゃ、この子に……」

おそめは驚いたような顔つきになった。

「そりゃ名案かもしれねえぞ」

松蔵親分が言った。

「瓢簞《ひょうたん》から駒だな」

魚住与力がうなずいた。

「ほんとに寿司屋を開くんなら、嘘をついたことにならないから」

安永同心が笑みを浮かべる。

「で、でも、おいら……」

小太郎は自信なさげな顔つきだった。

「これから修業すりゃいいじゃねえか」

卯之吉が言った。

「そうそう。寿一さんに弟子入りしてよう」

甲次郎も乗り気で言う。

「おとっつぁんに言っとくよ」

寿助が白い歯を見せた。

「すまねえ……みんな、こんなおいらのために」

小太郎は袖を目に当てた。

「寿一さんも、見世に座ってあきなうほうが楽だろうしね」

おそめが言った。

「普請はおいらがやるから」

寿助が二の腕をぽんとたたいた。

「なら、さっそく明日から修業だな」

善太郎がやっと笑みを浮かべた。

小太郎がうなずく。

「一緒に仕込みをして、屋台も手伝ってくれ」

と、寿助。

「そうするよ」

小太郎は目元をぬぐって答えた。

「賭場の知り合いが来ても、素知らぬ顔をしていてくれ」

魚住与力が少し声を落として言った。

「借金の件はどうしましょう」

小太郎が問う。

「工面できそうなつらをしておけばいい」

と、与力。

「賭場の顔役などは、似面《にづら》があればいいですね。万一、取り逃がしても網を張れるので」

安永同心が与力に言った。

「そうだな」

魚住与力はすぐさま答えた。

「おう、出番だぜ」

松蔵親分が子分の顔を見た。

「へい、お任せで」

下っ引きが笑みを浮かべた。

線香の千次は似面の名手だ。

「顔役ばかりじゃなく、常連で顔が分かる者はできるかぎり伝えてくれ」

与力が小太郎に言った。

「承知で」

小太郎は気の入った声で答えた。

「いくらでも描きまさ」

千次が筆を動かすしぐさをした。

「似面がありゃあ、取り逃がしてもすぐ分かるだろうよ」

「本所は縄張りだから」

火消し衆が勇んで言った。

「なら、嘘から真を出そうじゃないか」

魚住与力が場をまとめるように両手を打ち合わせた。

「気張ってやんな」

甲次郎が小太郎に声をかけた。

「生まれ変わったつもりでよ」

卯之吉も和す。

「おいらもおとっつぁんも力になるから」

寿助が笑みを浮かべた。

「ありがてえ……気張ってやりまさ」

小太郎はそう言って、だれにともなく頭を下げた。

第三章　茶漬けの味

一

「だいぶ手つきがさまになってきたな」

風鈴蕎麦の卯之吉が笑みを浮かべた。

「しゃっしゃっと切るようにしてるんで」

杓文字を動かしながら、小太郎が答えた。

「どれどれ、味見をしてやるよ」

豆を洗い終えたおそめが言った。

寿司屋を出すのはまだ先だが、ついでに惣菜もそこで売ることに話が決まった。あきなうものはまとめたほうが良かろうという善太郎の知恵だ。

「ああ、前よりずっとましだよ」

と、小太郎。

「まし、じゃ困るじゃないかよ」

屋台の支度を整えながら、卯之吉が言った。

「初めのころは、ねばついて駄目だったからね」

おそめはそう言うと、小太郎が小皿に取り分けた酢飯をつまんで口中に投じた。

「うん……前よりずっといいよ」

母は笑みを浮かべた。

「おいらにもくんな」

卯之吉が言った。

「へい」

薄紙一枚剝《は》がれたような表情で、小太郎は答えた。

蕎麦の屋台のあるじも酢飯の舌だめしをした。

「おう、これなら寿一さんのにも負けてねえぞ」

卯之吉は驚いたような顔つきで言った。

「師匠の手の動きが夢に出てきたくらいで」

小太郎は寿一を師匠と呼んだ。

足の悪い寿一にしてみれば、屋根のない屋台より近場の長屋の見世のほうがよほどいい。与兵衛鮨みたいに客が押し寄せたりしたら手が追いつくまいが、小太郎がものになればどうにかなるだろう。

そんなわけで、気を入れて弟子に指南しているところだった。

「酢飯はさまになっても、握りは年季が要るぞ」

善太郎が手綱を締めるように言った。

「そりゃあもう修業あるのみで」

小太郎は明るい表情で答えた。

「なら、気張ってやんな」

卯之吉が屋台を担いだ。

ちりん、と涼やかな風鈴の音が鳴る。

「へい、ありがたく存じます」

小太郎が白い歯を見せた。

二

「おっ、今日は早いね」

姿を見せた寿一に向かって、善太郎が言った。

「屋台で握りを教えてやらねえといけねえんで」

寿一が渋く笑う。

いつものように、せがれの寿助も大工のつとめを終えて付き添っていた。寿司屋の普請にはまだ早いが、すでに寸法などは測ってある。

「よろしゅうお頼みします」

小太郎が頭を下げた。

「酢飯の味見をさせてくれ」

寿一が言った。

「へい、承知で」

小太郎は引き締まった顔つきで小皿に盛ったものを渡した。

「幕内くらいまでは来たな」

じっくり味わってから、寿一は相撲になぞらえて言った。

「さようですか」

小太郎は笑みを浮かべた。

「やるからにゃ、いちばん上の大関を目指さないと」

寿助が言う。

「そうそう。幕内で満足してちゃ駄目よ」

おそめも言った。

「握りのほうはまだ取的《とりてき》だからな」

と、善太郎。

「向こうで教えるから、しくじりはおのれで食いな」

寿一が言った。

「へい。腹が出ちまいそうですが」

小太郎は笑って帯を軽くたたいた。

そんな調子で、寿司の屋台が出ていった。

「腹が出るくらいがちょうどいいかもしれないね」

漬け物の仕込みをしながら、おそめが言った。

「そうだな。ま、何にせよ、心を入れ替えてくれたみたいでひと安心だ」

善太郎はそう言って煙管をくわえた。

ほどなく、天麩羅の甲次郎とおでんの庄兵衛の支度も整った。

「またゆうべから具合が悪そうなんで、頼むよ」

甲次郎が案じ顔で言った。

「おとしさんも大変ね」

おそめが心配そうに答える。

「道庵《どうあん》先生に薬を煎じていただいてるんだがねえ」

天麩羅の屋台のあるじが言う。

淵上《ふちがみ》道庵は近くに診療所を構える本道（内科）の医者で、その診立《みた》てには信を置かれている。ただし、その道庵をもってしても、おとしの具合はなかなか良くならなかった。

「陽気の変わり目だからな。そのうち良くなるよ」

庄兵衛が励ますように言った。

「だといいんだがな」

甲次郎は軽く首をひねった。

「とにかく、ちゃんと見てるから」

おそめが言った。

「ああ、頼みます。なら、ひと稼ぎ」

甲次郎は天麩羅の屋台を担いだ。

「気をつけて」

人情家主が見送る。

ほどなく庄兵衛も続いた。

なみだ通りの屋台は、今夜も滞《とどこお》りなく船出をした。

三

「ちょっと硬《かて》えな」

小太郎が試しに握った酢飯の舌だめしをしてから、寿一が言った。

「おとっつぁんのは、もっとほろっと口の中でほぐれるからね」

せがれの寿助も言う。

「そのあたりの加減がまだまだだね」

小太郎は軽く首をかしげた。

「赤子の手を握るような按配でやるんだ」

寿一が教えた。

「ひねっちゃ駄目だぜ」

と、寿助。

「ああ、そっと握るんだな」

小太郎が身ぶりをまじえた。

「そっと握りすぎても酢飯がまとまらねえ。ま、そのあたりはなんべんもやるしかねえやね」

寿一は味のある笑みを浮かべた。

「へい」

小太郎は気の入った返事をした。

ほどなく、善太郎が見廻りに来た。

「どうだ。やってるか?」

せがれに訊く。

「やってるよ」

小太郎は白い歯を見せた。

だが、その顔はすぐさま曇った。提灯を手にした二人の男が闇の中から姿を現わしたのだ。

「おっ、何でえ、小太郎」

「おめえ、寿司屋をやってるのかよ」

髷を疫病本多《やくびょうほんだ》に結った男たちがぞんざいな口調で言った。

善太郎と小太郎の目と目が合った。

どちらの男の顔にも見覚えがあった。千次の似面に描かれていた、賭場の顔役に次ぐ手下たちだ。

「ちょいと修業をと思って」

小太郎は硬い表情で答えた。

「へっ、殊勝な心掛けじゃねえか」

「与兵衛鮨の二番煎じでも狙《ねら》ってるのかよ」

目つきの芳しくない男たちが言った。

「昨日も並んで食ってきたくらいなんで」

小太郎は言った。

「大層な繁盛ぶりだからな」

男たちの面構《つらがま》えを見ながら、善太郎が言った。

「そりゃ、せいぜい気張りな」

上背があるほうの男が半ばあざけるような口調で言った。

「で、当座のほうはあてがついたのかい」

もう一人の小柄な男が小太郎に問うた。

ぼかしたかたちの問いだが、善太郎にもすぐ通じた。

博打《ばくち》でこしらえた当座の借金、すなわち三両を返すあてはついたかと探りを入れているのだ。

「へい、なんとか」

小太郎は口早に答えた。

「そうかい。そりゃ重畳《ちようじよう》だ」

「なら、またな」

返事を聞くと、二人の手下は何も買わずに去っていった。

ほっ、と一つ小太郎が息をつく。

「あれでいい」

善太郎がうなずいた。

「あとは晦日に、網にかかってくれれば」

小太郎は祈るような顔つきだった。

「似面も回ってるんだから、みなの力で一網打尽にしてくれるよ」

寿助が笑みを浮かべた。

「待つしかねえからな」

寿一も和す。

「へい」

小太郎は何とも言えない表情でうなずいた。

四

晦日は雨になった。

初めのうちはどうにか屋台を出せそうな按配だったのだが、あいにく七つ下がり（午後四時過ぎ）から本降りになってきた。

「こりゃあ駄目そうですね」

蕎麦の卯之吉は早くもあきらめの様子だった。

「おいらはもう相模屋へ行く気満々だよ」

おでんの庄兵衛が笑みを浮かべる。

「なら、あいつも連れてってもらえるかな。どうも落ち着かないようなんで」

善太郎が頼んだ。

「晦日だからね」

おでんの庄兵衛が声を落とした。

晦日に賭場が開かれ、小太郎の運命もかかった大きな捕り物が行われることはみな知っている。

「旦那方が悪者をみな捕まえてくだすったら、あの子も枕を高くして寝られるだろうけどねえ」

おそめが案じ顔で言った。

「そりゃ落ち着かないのは身から出た錆《さび》だからな」

いくらか突き放すように善太郎が言う。

ややあって、当の小太郎が寿助とともに姿を現わした。

「屋台は休みで」

寿助が告げた。

「承知で。今日はみな休みだね」

善太郎が答えた。

天麩羅の甲次郎も、例によって具合の悪い女房の看病があるから休みに決めた。なみだ通りの屋台には覆いがかけられた。

「相模屋には旦那方も顔を出すはずだ。あそこでかくまってもらえ」

善太郎がせがれに言った。

「承知で」

硬い顔つきで、小太郎は答えた。

「あとで顔を出すから」

と、善太郎。

「わたしゃ、回向院さんにお参りしてくるよ」

おそめが両手を合わせるしぐさをした。

話が決まり、小太郎を含む一行は相模屋のほうへ向かった。

「おーい……」

途中で後ろから声がかかった。

振り向くと、額扇子の松蔵親分の顔が見えた。子分の千次もいる。

「ああ、こりゃ親分さん」

庄兵衛が傘をちょいと揺らした。

「いまから相模屋かい？」

十手持ちがたずねた。

「へい、さようで」

庄兵衛がすぐさま答えた。

「気が気じゃねえだろうが、網はちゃんと張ってるからな」

松蔵親分が小太郎に言った。

「さようですか。ありがたく存じます」

小太郎が頭を下げる。

「夜が更けたら、町方の捕り方が来る。あとは仕上げで逃《のが》さねえようにするだけだ」

松蔵親分は腕を撫《ぶ》した。

「火消し衆も加勢に来るんで」

線香の千次が言う。

「なら、じっと待ってりゃいいですね」

卯之吉が言った。

「おう。呑みながら待っててくんな」

松蔵親分は笑みを浮かべた。

五

「だいぶ暗くなってきたな」

寿助が外のほうを見て言った。

「ああ」

小太郎は落ち着かない様子で猪口《ちょく》の酒を呑み干した。

「夜が更けないと始まらねえだろう」

庄兵衛がそう言って、よく煮えた焼き豆腐を口に運んだ。

「何が始まるんです？」

おかみのおせいがたずねた。

「いや、こっちの話だよ」

庄兵衛ははぐらかした。

相模屋には小太郎の博打の件は伝えていない。雨だからみなで呑みに来たことにしてある。

「そろそろ寝てきな」

あるじの大吉が娘のおこまに言った。

「うん」

おこまは素直に答えた。

娘が動くと、猫のつくばも一緒に動いた。

「添い寝しに行くのかい」

卯之吉が猫に声をかける。

「そのうちまた戻ってきますけど、つくちゃん」

おせいが言った。

娘と入れ違うように客が入ってきた。

「ああ、こりゃ棟梁」

寿助が背筋を伸ばした。

「おう。二軒目だ」

茄子紺の半纏をまとった男が渋く笑った。

大工の棟梁の万作《まんさく》だ。寿助にとっては師匠に当たる。

「明日は普請ができるかねえ」

兄弟子もいる。

「雨は上がりそうな感じもしますが」

寿助は答えた。

「ならいいんだが」

棟梁がそう言って、小上がりの座敷であぐらをかいた。

名を取った万組《よろずぐみ》のかしらだ。半纏の背に染め抜かれている「万」の字は、大工が気張って重い木材を担いでいる様子が巧みに表されている。本所ではなじみの大工衆だ。

「ところで、寿司屋の普請をするそうじゃねえか」

兄弟子が寿助に問うた。

「へい。まだ見世びらきには間があるんですが」

寿助が小太郎をちらりと見て言った。

「修業中だからな、寿司屋のあるじは」

庄兵衛が笑みを浮かべた。

「おめえのおとっつぁんが教えてるんだろう?」

兄弟子が寿助に訊いた。

「一緒に屋台を手伝いながらやってます」

と、寿助。

「なら、間違いはねえや」

「寿司屋の名はどうするんだ？」

棟梁がたずねた。

「それはまだ……」

小太郎は首をひねった。

「与兵衛鮨があるんだから、小太郎鮨でいいんじゃねえか？」

卯之吉が言った。

「おいらの名を入れるのは荷が重いんで」

小太郎は首を横に振った。

「握りの腕を上げればいいだけの話じゃねえか」

万作が言う。

「へえ、それはそうですが」

心ここにあらずといった態《てい》で小太郎は答えた。

「握りと聞いて、ここの握りが食いたくなってきたな」

卯之吉が笑みを浮かべた。

「相模屋の握りですね？」

大吉が笑みを浮かべた。

「握りはお寿司屋さんだけじゃないんで」

と、おせい。

「なら、おれは茶漬けでくれ」

棟梁が右手を挙げた。

「おいらも」

寿助の兄弟子も続く。

結局、客のみなが握りもしくは握り茶漬けを頼んだ。

相模屋で「握り」と呼ばれているのは焼き握りだ。醬油を刷毛で塗りながらこんがりと網焼きにした焼き握りは、煮売り屋の隠れた名物料理だった。

そのまま食してもむろんうまいが、茶漬けにしても風味が増す。梅干しと山葵《わさび》が入った握り茶漬けを締めに所望する客は多かった。

「ああ、うめえな」

万作が満足げに言った。

「山葵が効いてうまいっすね」

寿助の兄弟子が笑みを浮かべる。

「山葵はつんときて泪《なみだ》が出るけど、こりゃあうまくて泣けてくるね」

庄兵衛が笑みを浮かべた。

「寿司にも山葵が入るようになりましたね」

相模屋のあるじが言った。

「山葵を入れると寿司の保《も》ちが良くなるので」

寿助が教えた。

「ああ、なるほど」

と、棟梁。

「おめえさんの寿司にも山葵を入れるんだろう？」

卯之吉が小太郎にたずねた。

「そのつもりで、稽古してます」

小太郎は寿司を握る手つきをした。

「なら、なみだ通りと、山葵で出る泪をかけて、泪寿司にすりゃあどうだい」

風鈴蕎麦の屋台のあるじが案を出した。

「ああ、それはいいかもしれませんね」

寿助が真っ先に乗った。

「いいじゃねえか、泪寿司」

棟梁も賛意を示す。

「そのうち、泪巻きとかできそうだな」

庄兵衛が言った。

「具は山葵だけで」

大吉がそう言ったから、相模屋に笑いがわいた。

六

善太郎もおそめと一緒に回向院へお参りに行くことにした。

僧にたずねたところ、厄除けの祈願などもやってくれるらしい。当人がいなくてもかまわないということだったから、小太郎の身の安全と行く末の無事を祈願してもらうことにした。

控えの間で順を待ってから本堂に向かったので、祈願が終わる頃合いには、あたりは真っ暗になっていた。

「遅くなったが、これから相模屋へ行ってくるよ」

善太郎はおそめに言った。

「あの子も落ち着かないだろうから、頼みますよ」

おそめはそう答えた。

女房と別れて煮売り屋へ向かっているとき、うしろからせわしなく歩いてくる男の足音に気づいた。

「おお、やっぱり家主さんかい」

そう声をかけたのは松蔵親分だった。

「これはこれは、親分さん。捕り物のほうはいかがです？」

善太郎はたずねた。

「あと半刻《はんとき》（約一時間）くらいで始まりそうだ。町方の捕り方が橋を渡ってくる手はずになってる」

松蔵はそう伝えた。

「いよいよ町方の捕り物ですか」

善太郎の声に力がこもった。

「おう、本所の火消し衆も助っ人に入るぜ。いま、本所方の旦那方が動いてるはずだ。千次はそっちについてる」

十手持ちが告げた。

「賭場は開かれてるんですね？」

善太郎が問う。

「だから動いてるんだ。ま、あとは網を絞るだけだ。せがれにも伝えといてくれ」

松蔵親分は答えた。

「承知で。なら、相模屋で待ってますんで」

善太郎が傘で示した。

「終わったら首尾を伝えるからよ」

頼りになる十手持ちが言った。

「よろしゅうお願いいたします」

善太郎は祈るような気持ちで頭を下げた。

七

「お、どうですかい、家主さん」

善太郎の顔を見るなり、真っ先に卯之吉がたずねた。

「あと半刻くらいだそうだ。そこで親分さんに会った」

雨に濡れたところを手拭いで拭きながら、善太郎は答えた。

「捕り物が始まるんだね？」

小太郎が思わず訊いた。

「しっ、声がでかい」

庄兵衛があわてて言ったが、時すでに遅しだった。

「捕り物？　ここいらで何かあるんですか」

相模屋のあるじがすかさずたずねた。

万組の棟梁の万作と寿助の兄弟子は帰った。ほかに呑んでいた左官衆も腰を上げた。いまはちょうどなみだ通りの面々ばかりだ。

「なら、ここだけの話で」

善太郎はせがれの顔を見てから切り出した。

「他言はしませんので」

大吉が言った。

しかし……。

成り行きでほかの常連の耳にも入ることになった。相模屋となみだ通りの常連のなかでは長老格の噺家がちょうど弟子をつれて入ってきたのだ。

立川焉笑《たてかわえんしょう》と弟子の三升亭小勝《みますていこかつ》だ。焉笑は五十代の半ばくらいで、いまは浅草の堂前《どうまえ》に住んでいる。「堂前の師匠」といえば、知らぬ者のない人気者だ。

神田の生まれでさまざまななりわいを経て立川焉馬《えんば》の弟子になった。二年前に焉馬が亡くなったあとも、思い出多き竪川の界隈、ことになみだ通りにしばしば顔を見せてくれる。

小太郎もわらべのころから知っている。その焉笑に話を伏せることはない。包み隠さずわけを伝えて、小言の一つも言ってもらおうと思い、善太郎は事のあらましを告げた。

「面目ねえ話で」

小太郎が髷に手をやった。

「そりゃあ、しくじりだったたな」

焉笑が笑みを浮かべた。

笑うと両の目尻にしわがくっきりと浮かぶ。

「まあ、でも、引き返せてよかったよ」

弟子の小勝が言った。

こちらはまだ噺家としては大した看板ではないから、ときどき振り売りなどもやっている。なみだ通りには物を売りに来ることもあった。

「今夜が峠だというわけですね」

相模屋のあるじの表情が引き締まった。

「果報は寝て待てで」

焉笑が身ぶりをまじえた。

鳴り物入りの芝居仕立ての話や声色や鳴き真似など、場がおのずと華やぐような芸風だ。おかげでこの歳になってもずいぶんと若々しく、声にも張りがある。

「何か召し上がりながらお待ちいただければと」

おせいが如才なく言った。

「今日は新生姜《しんしょうが》の茶漬けができますが」

大吉が水を向けた。

「ほう、そりゃうまそうだ」

と、噺家。

「おいらも一つ」

「なら、乗ろう」

次々に手が挙がった。

「承知しました。しばしお待ちを」

あるじは笑顔で告げた。

「おまえはいいのか？」

善太郎が小太郎にたずねた。

「腹が減ってないんで」

小太郎は首を横に振った。

「まだそれどころじゃねえからな」

卯之吉が笑みを浮かべた。

相模屋のあるじの手はきびきびと動いた。

新生姜の茶漬けは辛煮でつくる。

新生姜の皮をこそげ取り、一寸（約三センチ）ほどに切る。鍋でさっと煎《い》ったあと、酒と味醂《みりん》、さらに醤油を加えて煎り煮にする。

この辛煮を飯に載せて茶漬けにすると、ことのほかうまい。ほかの具は白胡麻ともみ海苔《のり》と三つ葉だ。あれば砕いたあられなどを入れてもいい。

「こりゃあ口福《こうふく》の味だね」

焉笑が笑みを浮かべた。

噺家らしくと言うべきか、心底うまそうに物を食べる。

「しみる味だなあ」

小勝が感に堪えたように言った。

「蕎麦にのっけてみたらどうだい」

庄兵衛が卯之吉に勧めた。

「つくり方はお教えしますよ」

大吉が快く言う。

「おいらの蕎麦のつゆは甘めだから、こりゃ合うかもしれないな」

卯之吉は乗り気で言った。

「おでんには合わないがな」

庄兵衛が笑みを浮かべた。

「ちらし寿司の具にはなると思う」

寿助が言った。

「ああ。合うかもしれないね」

善太郎がすぐさま言った。

そんな按配で、客があらかた茶漬けを食べ終えたとき、急に表があわただしくなった。


しっかり歩け。

もう逃げ場はないぞ。


声が響いてきた。

「終わったか」

善太郎があわてて腰を上げた。

「見て来てやる」

寿助が小太郎に言った。

小太郎はつばを呑んでうなずいた。

八

雨はだいぶ小降りになっていた。

御用、と記された大ぶりの提灯が闇の中に浮かび上がる。

急ぎ足で近づいてきた影があった。

「おう、終わったぜ」

松蔵親分の声が響いた。

「で、首尾は」

善太郎は勢いこんでたずねた。

「上々だ。賭場の連中は残らずお縄になった」

十手持ちは笑みを浮かべた。

「なら、もうこれで安心と」

善太郎は胸に手をやった。

「まだお取り調べがあるが、賭場の連中は捕まったからひと安心だ」

松蔵は答えた。

ここで本所方の魚住与力も歩み寄ってきた。

「捕り物は終わったぞ」

まだ気合の残る声で与力は告げた。

「ご苦労様でございます」

善太郎は深々と頭を下げた。

「上々の首尾だ。これなら安心だと伝えてくれ」

周りの様子をうかがってから、与力は人情家主に手短に伝えた。

博打の胴元などはいくらか離れたところで引かれているから大丈夫だが、小太郎の注進によるものだということが知れて万が一にも後顧の憂いがあってはいけない。

「承知しました。ありがたく存じます」

それと察して、善太郎も声を落として答えた。

「なら、戻りましょう」

寿助がうながした。

「ああ」

善太郎も続く。

相模屋へ戻ると、小太郎と目が合った。

「もう案じることはない。みなお縄にしてくだすった」

父は伝えた。

「……ありがてえ」

せがれが両手を合わせる。

「いや、めでたいことで」

噺家が両手を小気味よく打ち合わせた。

「なら、祝い酒ですな」

弟子の小勝が言った。

「ほっとしたら腹が減ってきました」

小太郎が苦笑いを浮かべた。

「茶漬けをいかがです？」

大吉がたずねた。

「なら、一杯」

小太郎は指を一本立てた。

「承知で」

相模屋のあるじはさっそく手を動かしだした。

「祝いの宴《うたげ》があるのなら、いくらでも芸をやらせていただきますよ」

焉笑が言った。

「いや、いま終わったばかりですから、師匠」

小勝がややあきれたように言った。

「だったら、そのうち蕎麦屋でもやるか」

人情家主が言った。

「うちは宴向きじゃなくて相済みません」

おせいが言う。

「はい、お待ち」

大吉が茶漬けを差し出した。

小太郎はさっそく箸を取った。

「これから気張って泪寿司をやらないとね」

寿助が言う。

「ああ、気張るよ」

小太郎はそう答えて箸を動かした。

茶漬けの味がはらわたにしみるかのようだった。

この先もずっと、この味を忘れるまい。

なみだ通りの人々の情けで立ち直ろうとしている若者は、心からそう思った。

「うまいか？」

父が問う。

「……ああ、うまい」

せがれはしみじみとした声で答えた。

第四章　まぼろしの三両

一

博打の連中は、首尾よく一網打尽となった。

うまうまと乗せられて借金をつくらされたのは、小太郎ばかりではなかった。捕り物があった晦日に顔を出さなかった者もいくたりかいたから、小太郎が注進に及んだと知れることはなかった。

そもそも、おもだった博打の連中はこぞってお縄を頂戴した。とても御礼参りどころではない。

「町方の旦那の話によると、かしらはまず打ち首だっていう話だ」

翌《あく》る日、長屋に顔を出した松蔵親分が善太郎に告げた。

「そりゃあひと安心で」

善太郎は答えた。

「子分らもみな捕まったからよ」

線香の千次が笑みを浮かべた。

「ありがたいことで」

干した大根を取りこみながら、おそめが頭を下げた。

切干大根と油揚げの煮物も、人情長屋の惣菜の顔の一つだ。

「子分も遠島は免れねえとこだろうっていう話だ」

松蔵が言う。

「あの子もこれでひと安心で」

おそめが子持ち縞の着物の胸に手をやった。

「今日は小太郎はどこだい。いきなり羽を伸ばすのも考えものだぜ」

十手持ちが言った。

「与兵衛鮨に並んで、学びのために舌だめしをするんだって言ってました。戻ったら屋台の手伝いで」

善太郎が答えた。

「ああ、それなら大丈夫だな」

松蔵親分の表情がやわらいだ。

「朝も早くから起きて、河岸の手伝いに行きましたよ」

おそめが頼もしそうに言った。

「そのうち、魚の仕入れもやると言ってました」

善太郎も言う。

「やる気になってるんだな」

と、千次。

「おのれが仕入れた魚をさばいて寿司にできりゃ、それがいちばんだ」

松蔵親分が軽く胸をたたいた。

「借金もなくなったんだから、いよいよ見世びらきかい？」

千次が問うた。

「腕がまだまだ甘いんで、寿一さんの下でもうちょっと修業をさせないと」

善太郎は慎重に言った。

「ただ、うかうかしてると夏になっちまうぜ。早めにのれんを出したほうがいいんじゃねえか？」

十手持ちはそうすすめた。

「夏はお寿司の保《も》ちが悪くなりますからね」

おそめがうなずく。

「そうそう。寿一さんと一緒にやるんなら、腕も日に日に上がるからな」

「まず見世を出しちまったほうがいいと思うぜ」

親分と子分が言った。

「なら、ほかのみなとも相談して考えましょう」

善太郎は答えた。

二

七つ下がりにさっと雨が降ったが、ほんの通り雨で、すぐに上がって空にきれいな虹がかかった。

「こんなにきれいな虹は珍しいわねえ」

おそめが空を見上げて瞬きをした。

「ああ。もう雨は大丈夫そうだな」

西のほうが赤く染まりだしている空を見て、善太郎が言った。

卯之吉の風鈴蕎麦を筆頭に、なみだ通りの屋台は次々に船出していった。

「道庵先生が見えたらよしなに」

天麩羅の甲次郎がそう言って屋台を担いだ。

「見えるのかい」

善太郎が問うた。

「薬が切れてきたんで、人づてに伝えといただけだから、来てくださるかどうか分からねえが」

甲次郎は答えた。

「ああ、それなら来てくださるだろう」

と、善太郎。

「そもそも、道庵先生の診療所のほうが屋台に近いんだから顔を出してくださいますよ」

味噌床の塩梅を見ながら、おそめが言った。

「だといいんだがね。なら」

天麩羅の屋台が動いた。

いくらか遅れて、庄兵衛のおでんの屋台の支度が整った。

「なら、さあーっと稼いで帰ってきますよ」

庄兵衛は笑みを浮かべた。

今日もじゃがたら芋や厚揚げ、それに玉子や竹輪などがよく煮えている。

「発句もできるといいね」

善太郎が笑みを浮かべた。

「発句ってのは、無理につくろうとしちゃいけないんです。天から言葉が降ってくるのを待たないと」

東西という俳号を持つ男が言った。

「へえ、そういうものなの」

おそめが感心の面持ちになる。

「托鉢のお坊さんが鉢を持ってるでしょう？　あそこに銭を入れてもらうように、頭の中をからっぽにして天の恵みの言葉を受けるんで」

庄兵衛は身ぶりをまじえて言った。

「深いねえ」

と、善太郎。

「恵みがあるといいわね」

おそめのほおにえくぼが浮かんだ。

「いや、発句の恵みは銭にならないから、おでんが売れるほうがいい」

庄兵衛がそう答えたから、長屋に和気が漂った。

しんがりは寿司の屋台だった。

寿一は杖をついて歩くだけだから、寿助が屋台を担ぎ、小太郎が酢飯の桶を運ぶ。

「出直しの屋台だな」

善太郎が言った。

「初船出みたいなもんで」

晴れ晴れとした顔で小太郎が言った。

「今日は玉子焼きもつくったんですよ」

寿助が小太郎のほうを手で示した。

「大丈夫かい？」

母は案じ顔だ。

「いくらか硬《かて》えが、売り物にはなるんで」

寿一が言った。

「寿一さんが言うのなら大丈夫だろう。気張って売ってきな」

父が励ました。

「へい、承知で」

小太郎は気の入った声を発した。

三

なみだ通りは闇に包まれた。

屋台の赤い提灯の灯りが、ほんのりとそこだけを明るくしている。

天麩羅の屋台に、二つの影が現れた。

つまみかんざしづくりの親方の辰次と、その若い弟子だ。

「今日は鉢を持ってきたんで」

辰次が大ぶりの鉢をかざした。

「てことは、蕎麦屋へも寄り道ですね」

甲次郎がそれと察して言った。

「やぶ重じゃなくて、卯之吉のところだがよ」

親方が笑みを浮かべた。

「そりゃ、やぶ重に天麩羅を持ってったら文句を言われちまう。で、何にいたしましょう」

甲次郎は訊いた。

「好きなもんを頼みな。今日はだいぶ気張ったからよ」

辰次は弟子に言った。

「へい。なら……海老のかき揚げを」

弟子はおずおずと言った。

「いちばん値の張るものを言いやがったな」

親方が笑う。

「すんません」

おぼこい弟子が首をすくめる。

「やっぱり、海老のかき揚げはうめえからな」

甲次郎が白い歯を見せた。

ほかに、竹輪と鱚《きす》の天麩羅も出た。

「よし、冷めないうちに蕎麦の屋台へ行くぞ」

親方が言った。

「へい」

弟子がいい声で答えた。

「毎度ありがたく存じます」

甲次郎はお辞儀をして、客の背中を見送った。

相州の藤沢から来たという弟子の背中に、一つの影が重なった。

おととし、はやり風邪で亡くした乙三郎だ
せがれとはああやっていくたびもともに歩いた。一緒に湯屋へ行き、帰りに相模屋で呑むこともあった。

あの日々が、まるで夢のようだった。

乙三郎はまだ二十歳を少し超えたくらいだった。これからもいいところだ。

おのれのような屋台稼業ではなく、せがれには手に職をつけさせたかった。腕のいい左官のもとに弟子入りした乙三郎は、めきめきと腕を上げ、兄弟子からも一目置かれるまでになった。

先を約した娘もいた。無事ならば、いまごろは夫婦《めおと》になって、子が生まれていたかもしれない。

何もかもこれからだった。乙三郎に先立たれたおとしの具合が悪くなり、めっきり老けこんでしまったのも無理はない。

ほどなく、なみだ通りにまた提灯が現れた。蛍火《ほたるび》のごときものがゆっくりと揺れなが
ら大きくなってくる。

「ああ、こりゃあ道庵先生」

甲次郎は言った。

従者をつれて姿を現わしたのは、本道の医者の淵上道庵だった。

「薬の残りが乏しくなったとうかがいましたので、これから往診にと」

夜目にも白さが分かる総髪の医者がていねいな口調で言った。

「恐れ入ります。よろしゅうお願いいたします」

甲次郎は頭を下げた。

「おとしさんの具合はいかがでしょう」

道庵が訊いた。

「どうも芳しくありませんで」

甲次郎の顔色が曇った。

「咳などはいかがでしょう」

医者がなおも訊く。

「ときどき咳きこむので背中をさすってやったりしてます。めっきり気が弱っていて、早く死んだせがれのところへ行きたいなどと言うもので」

甲次郎は顔をしかめた。

「さようですか……では、煎じ薬を置いて、ひとわたり脈などを取ってからまた帰りに寄りますので」

道庵は言った。

「どうかよしなに。一緒にいてやりたいのはやまやまなんですが、少しでも稼がねえことには薬代も払えませんので」

天麩羅の屋台のあるじが苦しい胸の内を明かした。

「帰りに買わせていただきますから」

医者はそう言うと、軽く右手を挙げて長屋に向かった。

その背を見送ってから、甲次郎はふっと一つ息をついた。

楽しかった昔の思い出が、だしぬけによみがえってきたのだ。

一念発起して、みなで大山《おおやま》詣でをしたことがある。むろん、せがれの乙三郎も女房のおとしも達者だった。乾物屋へ嫁に行った娘もいた。みなでわいわい言いながら大山を目指し、茶見世で休み、宿坊に泊まった。

あのときに食した味噌田楽や草団子の味が、いやにありありと思い出されてきた。

客は来ない。

半町ほど離れた庄兵衛の屋台から、風に乗って、おでんの香りがそこはかとなく漂ってくる。

人情も煮えて本所のおでん哉《かな》

東西という俳号をもつ庄兵衛の句だ。

煮えているのは人情ばかりではない。おでんのつゆには涙もまたしみている。

それから小半刻《こはんとき》（約三十分）ほど経った。

また提灯が近づいてきた。

その揺れ方で察しがついた。往診の帰りの道庵だ。

「ありがたく存じました」

甲次郎は先にそう言って頭を下げた。

「まあ、変わらずといったところで」

道庵の口ぶりはいま一つさえなかった。

「何か言ってましたかい」

甲次郎が訊いた。

「いや、とくには……とにかく薬をのみながら養生されることです」

医者は答えた。

約したとおり、道庵は天麩羅を買ってくれた。

従者の分まで、値の張るものを多めに買ってくれたから助かった。今夜はまだろくに客が来ていない。

「天麩羅はいささか胃の腑にもたれますが、玉子のおでんなどは患者さんにいいかもしれませんね」

鱚天を味わいながら、医者が言った。

「なるほど。精がつきますからね」

甲次郎がうなずいた。

「玉子ほど精のつくものはありません。どうかそうしてあげてください」

医者の言葉に力がこもった。

「承知しました。庄兵衛に言っておきます」

甲次郎も張りのある声で答えた。

四

卯之吉の蕎麦に続いて、寿司の屋台が戻ってきた。

「お帰り。どうだった？」

おそめが小太郎にたずねた。

「山葵の入れ具合をお客さんにほめてもらったよ」

小太郎は笑顔で答えた。

「腕が上がってるから、見世も開けるよ」

寿一が言う。

「寿一さんのお墨付きが出たなら、泪寿司はいけそうだな」

善太郎が笑みを浮かべた。

「そうそう。親分さんが見えて、そのうち本所方の旦那と火消し衆をまじえてやぶ重で捕り物の打ち上げをと」

寿助が伝えた。

「ああ、そんな話があったね」

人情家主が答えた。

「泪寿司を開く打ち合わせもしないと」

と、小太郎。

「そりゃ相模屋でいいだろう。堂前の師匠と日を合わせて知恵をもらえばいい」

善太郎が言った。

「なら、お疲れで」

寿一がやや大儀そうに言った。

「お疲れさんで」

「お休みなさいまし」

善太郎とおそめの声がそろった。

「ありがたく存じました」

小太郎が寿一に向かって深々と頭を下げた。

「あの調子でやってくれるといいんだけどねえ」

長屋へ戻る小太郎を見送ってから、おそめが言った。

「賭場に通っていたやつらもまだいるだろうから、何か言ってきたときに流されないようにしなきゃな」

まだ信を置きかねるといった表情で、善太郎は答えた。

「それはそうだけど、今日の顔つきなら大丈夫だと思う」

と、おそめ。

「親の欲目かもしれないがな」

善太郎がそう言ったとき、天麩羅とおでんの屋台が続けて帰ってきた。

「なら、明日から玉子を一つとっときますんで」

庄兵衛が甲次郎に言った。

「悪いな。銭は払うから」

後片付けをしながら、甲次郎が言った。

「何の話だい？」

善太郎が問うた。

甲次郎は道庵から勧められた玉子の件をかいつまんで伝えた。

「ああ、いいわね。おとしさんの身の養いになりそう」

おそめが乗り気で言った。

「そういうことだったら、玉子のおでん代はわたしが出すよ」

善太郎が言った。

「そりゃ悪いな」

と、甲次郎。

「なに、屋台の運び賃みたいなもんだ」

人情家主は笑みを浮かべた。

「これで良くなるといいわね」

おそめが甲次郎に言った。

「さっそく食わせてくるよ」

天麩羅の屋台のあるじが答えた。

「味のしみた終《しま》いもののおでんだから」

つくり手の庄兵衛が言う。

「いろんな思いもしみてるからな」

善太郎がしみじみと言った。

五

江戸の衆が初鰹に浮き立つ季《とき》が去り、その値が落ち着いてきたころ、本所の蕎麦屋やぶ重で捕り物の打ち上げが行われた。

なみだ通りを突っ切り、竪川のほうへ少し入ったところに蕎麦屋の控えめなのれんが出ている。あるじの重蔵《しげぞう》は深川の名店やぶ浪《なみ》で修業を積んだ男で、「やぶ」の名を襲って本所に見世を構えた。

やぶ浪ゆずりの角《かど》の立った蕎麦は評判を呼び、近くの本因坊家に出前を届けるまでになった。了解を得て「本因坊家御用達」の看板を出してからはさらに繁盛するようになり、いまや堂々たる名店の雰囲気を漂わせている。

「まあ、何にせよひと安心だな」

小上がりの座敷の奥に陣取った魚住剛太郎与力が白い歯を見せた。

「みなさんのおかげで」

善太郎が頭を下げた。

「世話になりました」

小太郎も殊勝にお辞儀をした。

「残党がいねえかどうか見廻ってるんだが、まあ大丈夫みてえだな」

松蔵親分が言った。

「その後、何か言ってくるやつはいねえか？」

火消しのかしらが小太郎にたずねた。

「いまのところは何も」

小太郎はやや硬い表情で答えた。

「あれだけの捕り物があったんだ。またここいらで賭場を開こうっていうやつはいないでしょう」

纏持ちがかしらに言った。

「博打を打ってたやつも、よそへ流れるでしょうな」

下っ引きの千次が言った。

「本所はひとまず安泰で」

安永新之丞同心がほっとしたように言ったとき、蕎麦が運ばれてきた。

「おっ、来たな」

同じ蕎麦屋のよしみと言うべきか、打ち上げの席に交じっていた卯之吉がいくらか身を乗り出した。

「まあ、食え」

魚住与力が小太郎に身ぶりで示した。

「へい」

小太郎が素直に箸をとった。

床の間に立派な碁盤が飾られている座敷で、蕎麦を小気味よく啜《すす》る音が響いた。勇退が近い時の本因坊の元丈《げんじょう》がのれんをくぐってくるのはごくまれだが、この座敷で指導碁が行われることもあるらしい。

「で、いよいよ寿司屋を開くのかい？」

火消しのかしらが善太郎にたずねた。

「寿一さんのお墨付きも出たので、ちょっとずつ段取りを進めようかと」

人情家主が答えた。

「そりゃ、寿一も見世のほうが楽だろうからな」

松蔵親分が言う。

「せがれが普請をするのかい？」

魚住与力が問うた。

「そのとおりで。あとは看板とか提灯とか引き札とか」

善太郎は答えた。

「屋台と違って、やることはいろいろあるな」

卯之吉が小太郎の顔を見た。

「気張ってやりまさ」

薄紙一枚剝がれたような表情で、小太郎は答えた。

「提灯は見世も屋台も同じだろう」

松蔵親分が言った。

「大きさは違いますがね」

と、千次。

「そのあたりは上州屋《じょうしゅうや》に相談すれば、いい按配のものをこしらえてくれるだろうよ」

火消しのかしらが言った。

上州屋は両国橋の東詰からいくらか入ったところにある提灯屋だ。

「うちの組の提灯もみなあそこだから」

纏持ちが提灯をかざすしぐさをした。

「本所ばかりじゃなく、橋向こうからも客がたくさん来るそうなので」

安永同心が言った。

「こっちが橋向こうだがな、江戸から見たら」

魚住与力がそう言ったから、やぶ重の座敷に笑いがわいた。

蕎麦ばかりでなく、刺身などの肴も侮れぬものを出す。冬場には、あたたかい蕎麦がきなどもうまい。

その後もしばらく提灯屋の話になった。上州屋は小町娘の三姉妹が有名だったが、昨年姉が婿をもらって首尾よく跡取りができたらしい。

「人情長屋も跡取りが立ち直って万々歳じゃねえか」

火消しのかしらが言った。

「この調子でうまく事が運んでくれればいいんだがね」

同年輩の善太郎が答えた。

六

次の雨降りの日――。

なみだ通りのおもだった面々が相模屋で呑んでいると、堂前の師匠こと立川焉笑が弟子の三升亭小勝とともに姿を現わした。

「おお、こりゃ師匠、うわさをしてたところで」

善太郎が右手を挙げた。

「雨降りの日に相談事をっていう話だったから、来なきゃいけねえと思ってな」

噺家が言った。

「そりゃ相済まないことで」

と、善太郎。

「お足元の悪いなか、相済みません」

小太郎も頭を下げた。

「口が回るようになったじゃないか」

焉笑は笑みを浮かべて、譲られた奥の座敷に腰を下ろした。

「だいぶ降られちまったよ」

小勝が着物を手で拭った。

「ちょうど蛸が煮えたとこですが」

あるじの大吉がすすめた。

「なら、蛸と……はんぺんをいただこうかね」

焉笑が少し思案してから言った。

よろずにしぐさが芝居がかっているから、高座で噺を披露しているように聞こえる。

「承知しました」

相模屋のあるじが笑みを浮かべた。

「おこまちゃんはお手玉かい」

弟子が娘に声をかけた。

「うん」

短く答えて、わらべがまた手を動かす。

「つくも一緒に手を動かしてるんだ」

小勝が笑みを浮かべた。

右へ左へ動くお手玉が面白いと見え、猫のつくばもひょいひょいと前足を動かす。そのさまが何とも愛らしかった。

「で、師匠にはぜひとも寿司屋の看板を書いていただきたいと存じまして」

酒をついでから、いくらか改まった口調で善太郎が言った。

「高いよ」

焉笑は答えた。

ただし、目は笑っている。

「いかほどで」

善太郎が芝居に乗った。

「これでどうだ」

焉笑は悪代官のような表情をつくって、指を三本立てた。

「三両ですか」

小太郎が驚いたように問うた。

「おめえの借金じゃねえんだから」

卯之吉が少しあきれたように言った。

「この相模屋で……」

噺家は歌舞伎役者が見得を切るような顔をつくると、ふっとゆるめて続けた。

「三度おごってもらえればいいや」

焉笑がそう言ったから、煮売り屋に笑いがわいた。

「お安い御用で」

善太郎が笑みを浮かべた。

「今日は鰹のあぶりもできますよ」

ここぞとばかりに、大吉が水を向けた。

煮売り屋ながら、具だくさんの汁やお茶漬けなどもとりどりに出しているくらいだから、もともと気が多いほうだ。ときにはねじり鉢巻きで気合の入った料理を出す。

「いいねえ。噺家のあぶりじゃ食えねえけど」

「だれがそんなまずそうなものを食いますか、師匠」

師弟が掛け合う。

そんな按配で、焉笑には鰹のあぶりがふるまわれることになった。江戸っ子が初鰹に狂奔する季は過ぎたが、まだまだ鰹の値は高い。

「看板の板のほうは、うちの棟梁が目利きなので」

寿助が言った。

万組の棟梁の万作は、ほうぼうの見世の看板も手がけている。木の選び方、木目の出し方、さらに細かい削り仕事まで、ほかの職人の仕事とはひと味違うというもっぱらの評判だ。

「あとは、提灯か？」

庄兵衛がそう言って、よく煮えた蛸を口に運んだ。

蛸と大根は、相模屋の煮物のなかでもことに人気がある。

「そっちのほうは、おいらが上州屋へ行ってきます」

寿助が手を挙げた。

「ちょうどいい小町娘がいるぜ」

居合わせたなじみの左官衆の一人が言った。

「おう。末娘に声をかけてやったんだが、左官より大工のほうが好みなんだってよ」

「けっ、左官が壁を塗らなきゃ家にならねえぜ」

「大工が柱を立てなきゃ塗れねえけどよ」

「まあ、持ちつ持たれつだ」

左官衆はにぎやかだ。

「なら、娘さんはお任せで」

小勝が身ぶりをまじえた。

「いや、娘じゃなくて提灯を頼みに行くんで」

寿助があわてて言った。

「で、泪寿司はいつ見世びらきだい？」

焉笑がたずねた。

「いっそのこと、両国の川開きに合わせたらどうだい」

小勝が案を出す。

「いや、それはちょっとまだ早すぎるかと」

小太郎が二の足を踏んだ。

「しくじった寿司を出すわけにはいかないからな」

善太郎が言う。

「ただ、夏になると魚の足が早くなるので、寿司屋を開くのはいかがでしょうか」

大吉が首をかしげた。

「たしかに。暑さが収まるのを待ったほうがいいかもしれねえな」

夏はおでんではなく鰻の蒲焼きをあきなう庄兵衛が言った。

「いきなり腹でも下されたら大変だし」

と、卯之吉。

「おとっつぁんも、屋台は大儀だが、なくなったらなくなったで寂しいかもしれねえとか言ってたので」

寿助が伝えた。

「なら、急ぐことはないかもしれないね」

善太郎が軽くうなずいた。

「いざのれんを出したら、舌だめしに行ったりもできないので」

小太郎が慎重に言った。

「あ、のれんの手配もしなきゃね」

寿助が手を打ち合わせた。

「そうか。看板と提灯だけじゃないね」

と、小太郎。

「そっちの字も書いてやろうじゃないか」

「偉そうですね、師匠」

「乗りかかった船だからね」

「噺家が乗り合わせたら、うるさいったらありゃしない」

師弟の掛け合いが終わったのを見計らって、相模屋のあるじが肴を出した。

「鰹のあぶりでございます」

大吉は自信ありげに皿を差し出した。

「お待たせで」

おかみのおせいが運ぶ。

「おう、来た来た」

小勝が神輿《みこし》でも来たかのような顔つきで言った。

「こっちにもくんな」

「見てるだけじゃ殺生《せっしょう》だからよ」

左官衆が手を挙げた。

「はい、承知で」

あるじが答えた。

「おまえはそろそろ寝ておいで」

おせいがおこまに言った。

「あんまり眠くない」

娘が言い返す。

「宵っ張りはいけないよ、おこまちゃん」

「そうそう、師匠くらいの歳にならないと」

「それじゃあとン十年も先になっちまう」

噺家たちはにぎやかだ。

「ああ、うまいね」

鰹のあぶりを食した善太郎が言った。

「身がとろっとしてるよ」

庄兵衛が驚いたように言った。

「皮目のほうから焼くと、脂がとろっとするんですよ」

大吉が得意げに言った。

客がうまそうに鰹のあぶりを食しているあいだに、おこまが寝所に行った。例によって
猫のつくばが一緒についていく。

「泪寿司の引き札の文句も師匠が思案するんですかい？」

小勝が酒をつぎながら訊いた。

「そりゃあ……」

焉笑は妙なためをつくってから続けた。

「弟子に任せようか」

「ずるっ」

小勝がすべるしぐさをした。

「ぜひよしなに」

善太郎が笑みを浮かべた。

「よろしゅうお願いいたします」

小太郎が殊勝に頭を下げた。

「そりゃあ大役だねえ。お、東西先生、引き札になる発句を一つ」

噺家は庄兵衛に水を向けた。

「高いよ」

「また三両かい」

そんなやり取りに笑いがわく。

「そういえば、浅草で鰹の手捏《てこ》ね寿司を食ったことがあるよ。握りだけじゃなくて、そういった寿司も出してみたら幅が広がるんじゃないかい？」

堂前の師匠が身ぶりをまじえて言った。

「寿司と名がつくものなら何でも舌だめしをしてみたいです」

小太郎が言った。

その表情を見て、父がうなずく。

「それなら、やっぱり秋じゃないと無理だな」

卯之吉が言った。

「まあじっくりだね」

庄兵衛も和す。

「これまでふらふらしてたんで、一歩ずつ地道にいきます」

小太郎が言った。

「その意気だ」

「壁はいっぺんに塗れねえからよ」

「気張ってやりな」

話を聞いていた左官衆が声を送る。

焉笑によると、鰹の手捏ね寿司を食したのは、浅草の福井町《ふくいちょう》にある長吉屋《ちょうきちや》という名店らしい。

「なら、そのうち舌だめしに行ってきな。それくらいの銭は出してやるから」

善太郎が言った。

「三両を取られるところだったんだから、安いもんだね」

庄兵衛が笑みを浮かべた。

小太郎が髷に手をやった。粋めかした細い髷から、小間物屋の手代みたいな実直そうな髷に結い直してある。

「はは、まぼろしの三両だね」

と、善太郎。

「その三両で、江戸じゅうのうまい寿司を食って腕を上げたら、繁盛間違いなし」

焉笑が太鼓判を捺《お》した。

「三両も寿司ばっかり食うわけにもいかないので、看板代や提灯代などもそこから」

小太郎が言った。

「よし。なら、引き札代が一両だ」

「馬鹿。五十文くらいでちょうどいいや」

「せめて百文いきましょうや」

噺家たちが掛け合う。

「なんにせよ、楽しみなことで」

相模屋のあるじが言った。

「通りに人出が増えるかも」

おかみも期待の面持ちだ。

「相模屋があり、屋台がぽつぽつあって、通りを突っ切った外れにやぶ重がある。そこに泪寿司が加わったらちょうどいい按配だ」

小勝が言った。

「今夜みたいな雨で屋台が出ないと、通りがずっと寂しいばかりだからね」

善太郎が言う。

「なら、気張っていこう」

寿助が小太郎に言った。

「そうだな」

小太郎は引き締まった顔つきで答えた。

第五章　浄土の光

一

翌《あく》る日は気持ちのいい五月《さつき》晴れになった。

小太郎は朝から河岸の仕事に出た。荷下ろしが一段落すると、両国橋の東詰にある魚屋の手伝いを無償で行った。気のいい魚屋は、ただで手伝ってくれる若者に、魚のさばき方や知識などを洗いざらい教えてくれた。

寿助も朝から普請仕事に出た。「万」とそろいの半纏の背に染め抜かれた万組は、腕がいいことで知られている。棟梁の万作の顔もある。普請仕事は引きも切らなかった。

ただし、朝が早いから夕方までかかることはない。切りのいいところですぱっと打ち切り、さっと呑んでから明日に備えるのが万組の流儀だ。

そんなわけで、寿助も小太郎も八つ（午後二時）過ぎには身が空いた。

「なら、上州屋へ行こうか」

寿助が声をかけた。

「そうだね。おいらはそのあと、浅草の長吉屋へ」

小太郎が答えた。

「鰹の手捏ね寿司を毎日出してるとはかぎらないだろう？」

善太郎がそれを聞いて首をかしげた。

「ああ、そうか」

と、小太郎。

「行くだけ行ってみて、次にお願いしてみたらどう？」

おそめが水を向けた。

「それもそうだね」

小太郎がうなずいた。

「堂前の師匠に手捏ね寿司のお膳立《ぜんだ》てをしてもらって、一緒につれてってもらうのがいちばんだと思うが」

善太郎が言った。

「それだと二度手間になりませんからね」

寿助が言う。

「なら、今日の帰りは与兵衛鮨の舌だめしにするよ」

小太郎は行き場所を変えた。

「いくたびも通ってるわね」

おそめが笑みを浮かべた。

「小鰭《こはだ》の酢じめの加減とか、山葵《わさび》の入れ具合とか、細かいところは通わないと身につかないから」

小太郎が引き締まった表情で答えた。

「でも、与兵衛さんとまったく同じお寿司を出すわけにはいかないよ」

おそめがいくらか案じ顔で言った。

「文句を言われちまうかもしれないからな」

善太郎も和す。

「そりゃそうだけど、とりあえずは学びで」

小太郎は答えた。

「秋まで間があるから、じっくり思案すればいいさ」

寿助が白い歯を見せた。

「寿一さんの寿司がもうあるんだからな」

と、善太郎。

「その上に何か新たなものを積めればいいんで」

半ばはおのれに言い聞かせるように、おそめは言った。

「そうだね。まずは提灯屋さんへ」

小太郎は寿助の顔を見た。

「おう、閉まらないうちに行ってこないと」

二人の若者は東詰の上州屋に向かった。

二

「あれだな」

寿助が行く手を指さした。

「嫌でも提灯屋だって分かる」

小太郎が笑みを浮かべた。

見世の前には大小とりどりの提灯が吊り下げられていた。上州屋と大書されたものもあれば、つややかな朱塗りの提灯もある。

「いらっしゃいまし」

見世に入るなり、おかみのいい声が響いた。

さすがは江戸じゅうに名の響いた名店だ。間口は広く、奥の仕事場では職人たちがそれぞれに手を動かしていた。墨や糊《のり》や漆《うるし》、とりどりの香りが漂っている。

「まだ見世びらきには早いんですが、提灯を頼んでおこうと思って」

小太郎がそう切り出した。

「承知しました。では、そちらへ」

おかみは小上がりの座敷を手で示した。

「こちらへどうぞ」

蜻蛉《とんぼ》のつまみかんざしを桃割れの髷に飾った娘が笑顔で案内した。

「上がらせてもらうよ。そのかんざしは辰次さんのかい？」

寿助がたずねた。

「ええ。ご存じなんですか？」
十四、五とおぼしい娘が答えた。

目がくりっとした小町娘だ。

「うちの屋台にときどき来てくださるからね」

寿助は答えた。

「本職は大工なんだけど、おとっつぁんの寿司の屋台を手伝ってるんだ」

小太郎が説明した。

「まあ、大工さん」

娘の声が弾んだ。

上州屋の末娘のおちかだ。物おじしないから、このところは客の相手を受け持っている。あきないの注文に来た客に茶と干菓子を出し、紙に用向きを書いてもらう。それを見て、あるじなりおかみなりが相談に乗るという仕組みだ。

「やっぱり大きめのが一つでいいかもしれないな」

小太郎が紙に書こうとして首をひねった。

「泪・寿・司と三つ横に並べるんじゃなかったのか？」

寿助が問う。

あらかじめ相談はしてきたのだが、いざ提灯屋に入ってさまざまな品を見ると気が変わった。

「寿司を渡すところに小ぶりな提灯を三つ並べようかと思ってたんだけど、考えてみたら邪魔になるかもしれない」

小太郎は言った。

「なら、大きな提灯を一つか」

寿助は指を一本立てた。

「あんまり大きすぎるのも考えものかな」

小太郎は腕組みをした。

「そのあたりは見本もございますので」

看板娘のおちかが笑顔で言った。

あるじとおかみも加わり、泪寿司の提灯の相談に乗ってくれた。あるじは顔の広い善太郎と知り合いだから、話が早い。

小上がりの座敷からは、奥の職人衆の仕事ぶりが見えた。

「ああやって竹ひごを器用に曲げていくんですね」

寿助が感心の面持ちで言った。

「同じ木を使う職人でも大工とは違うな」

と、小太郎。

「あんな調子で家を建てられたら面白そうだけど」

寿助が白い歯を見せた。

「どこの組なんですか？」

おちかが物おじせずにたずねた。

「万組っていうんだ。半纏の背中に『万』って書いてある」

寿助が答えた。

「あっ、こうやって木をかついでる組？」

娘が身ぶりをする。

「そうそう、その万組」

寿助も同じしぐさをした。

そんな按配ですっかり打ち解け、どんな提灯にするか、相談事が進んだ。

なみだ通りの遠くからも見えるように、二尺（約六十センチ）の赤提灯に「泪寿司」と書いてもらうことになった。むやみに大きくても品がないから、それくらいがちょうどいい。

「これで一つ前へ進んだな」

寿助が笑顔で言った。

「ちょっとずつ段取りが進んでいけば」

小太郎が答える。

「なら、また来るんで」

寿助がおちかに手を挙げた。

「お待ちしております」

愛想のいい看板娘が答えた。

三

早いもので、両国の川開きの日が近づいてきた。

五月の二十八日、両国橋の上流と下流から競うように盛大に花火が打ち上がる。江戸の夏の幕開けを告げる川開きの花火だ。

火除け地として生まれた両国橋の東西の橋詰と同じく、この川開きの花火にも哀しい淵源があった。

八代将軍吉宗《よしむね》の享保《きょうほう》時代、飢饉やコロリで多くの民が命を落とした。その慰霊と疫病退散の祈願のために、両国の地で水神祭が執り行われた。その際に打ち上げられた花火が習いとなり、いまに続いている。

「あさっては上がるかねえ」

雨音を聞きながら、善太郎が言った。

「上がるといいけどね」

おそめがそう言って、暗くなってきた空を見上げた。

屋台には覆いがかかっている。今日は休みだ。

「相模屋さんには行くの?」

おそめが訊いた。

「ああ。堂前の師匠が見えるそうだから」

善太郎が答えた。

「ほんとに、何から何までお世話になって」

おそめは申し訳なさそうな顔つきになった。

先だっては、お膳立てを整えたうえで小太郎を浅草の長吉屋へ連れて行ってくれた。お目当ての鰹の手捏ね寿司を味わい、つくり方まで教わってきた小太郎は帰ってきてからも上気した顔つきだった。秋から開く泪寿司で出してもかまわないという約まで取りつけてきたのだから上出来だ。

さらに、看板の字も書いてくれた。

「泪にゃ、うれし涙だってあるからね」

焉笑はそう言って、どこかほっこりするような字をしたためてくれた。

いまは紙が看板屋に回っている。さほど急がないから後回しにされるかもしれないが、少しずつ段取りが整ってきた。

「ありがたいことだよ」

善太郎が軽く両手を合わせたとき、甲次郎が姿を現わした。

このところ、女房のおとしの具合がいちだんと悪く、雨降りでなくても屋台を休むこともあった。

「おとしさんはいかがです?」

おそめが声をかけた。

「いやあ……どうも気が弱っていてね」

甲次郎は浮かぬ顔だ。

「病は気から、って言うけど」

おそめの表情も曇る。

「その気力が萎《な》えてきてるので、どうもねえ」

と、甲次郎。

「これから相模屋へ行くけど、気晴らしにどうだい」

善太郎が水を向けた。

「いや……遠慮しておこう」

甲次郎は少し迷ってから答えた。

「そうかい。なら、一緒にいてやんな」

善太郎は強くは押さなかった。

「ああ」

寂しげな笑みを浮かべると、甲次郎はまた戻っていった。

四

善太郎が顔を出したとき、相模屋は盛況だった。

小上がりの座敷には長屋の面々に噺家の師弟、土間の茣蓙の上では火消し衆が車座になっていた。

「あ、おとっつぁん、引き札の文句をつくっていただきましたよ」

小太郎が小勝のほうを手で示した。

「ほほう、そりゃありがたいことで」

善太郎はそう言って座敷に上がった。

「松竹梅ならせいぜい竹だがねえ」

焉笑が首をひねった。

「そりゃ厳しいっすね、師匠」

小勝は苦笑いを浮かべた。

「で、どんな文句だ?」

善太郎は小太郎に訊いた。

「これだよ」

秋から泪寿司を開く男が紙を渡した。

そこには、こう記されていた。

なんといふても
みんなよろこぶ
だいかうぶつ

ずつとうれしい
しあはせの味

本所なみだ通りなかほど
泪寿司

「頭《かしら》の字を横へつなげると『なみだずし』になるんだよ」

小太郎が教えた。

「ああ、なるほど」

善太郎が気づいてひざを打った。

「松でもいいでしょう」

小勝が言った。

「ああ、よくできてるよ」

人情家主がうなずいた。

「いや、そうやってつくり手の我《が》を出しちゃいけないんでさ」

焉笑が苦笑いを浮かべた。

「へえ、すんません」

弟子は殊勝に頭を下げた。

「たしかに、調子はいいけど、何をあきなうのかこれじゃ分からないかも」

庄兵衛が首をひねる。

「いや、そりゃ見世の名が泪寿司だから、寿司に決まってるかと」

小勝が言い返す。

「寿司にもいろいろあらあな」

すかさず焉笑が言った。

「へい」

「そこんとこができてねえから、せいぜい竹だな」

焉笑は冷たく言った。

「なら、四隅に付け足しましょう」

小勝は両手を打ち合わせた。

「どういう付け足しを?」

庄兵衛が問うた。

「そりゃ、売り物の名で」

小勝は答えた。

「にぎりに、ちらしに、押し寿司に……」

小太郎が指を折る。

「さっき講釈してた手捏ね寿司も入れたらどうだい」

火消しのかしらが言った。

「おう、ありゃうまそうだった」

纏持ちも言う。

「なら、それで四隅が埋まりますね」

小太郎は笑みを浮かべた。

「画《え》も入ってたら、なおいいかも」

寿助が言った。

「ああ、でも、わらべ向きに稲荷《いなり》寿司も出したいかも」

小太郎が気の多いことを言った。

「だったら、手捏ね寿司はここぞっていうときだけ貼り紙で出せばいいでしょう」

あるじの大吉が言った。

「そのときは食べに行きますよ」

おかみのおせいが笑顔で言った。

「わたしも」

娘のおこまも元気よく右手を挙げた。

「なら、気張ってつくるよ」

小太郎は笑顔で答えた。

長吉屋仕込みの鰹の手捏ね寿司はこうつくる。

顔になるのは、漬《づ》けにした鰹だ。醤油と味醂を合わせた地に切り身を漬け、薬味とともに寿司飯に加える。

薬味は生姜のみじん切りと青紫蘇《あおじそ》のせん切り、それに、炒った白胡麻だ。仕上げに焼き海苔をちぎってふんだんに載せれば、これがもう笑いだしたくなるほどうまい。

「まあ、おとっつぁんの玉子焼きとか押し寿司とか、前々からのお客さんがついてくださってる寿司もあるからね」

寿助が張りのある声で言った。

何かいいことでもあったのか、ここ数日、とみに表情が明るい。

「もう、全部引き札に載っけよう」

小勝が身ぶりをまじえた。

「だれでも乗せる渡しみたいになってきたな」

焉笑が苦笑いを浮かべた。

その後も細かい打ち合わせが続いた。引き札に添える画は、似面の名手の千次に描いてもらうことになった。提灯と看板、それにのれんもすでに手配してある。万組の仕事はそろそろ山を越えるから、寿助も普請に入れそうだ。だんだんに機は熟してきた。

「川開きが終わったら、いよいよ普請を始めるよ」

寿助がそう言って二の腕をぽんとたたいた。

「頼りにしてるよ、棟梁」

小太郎が半ば戯れ言めかして言った。

五

「この分なら、明日は大丈夫そうですね」

おでんの庄兵衛が言った。

すでに卯之吉の風鈴蕎麦は涼やかな音を立てながら出ていった。

「楽しみにしていた花火がなくてがっかり、ってことはいくたびもあったから」

来し方を振り返って、善太郎が言った。

「昆布豆、さっそく女房衆に評判で」

おそめが笑みを浮かべた。

「そりゃ、渡した甲斐がありますよ」

と、庄兵衛。

おでんのだしを取るために使った昆布は大家に渡す。おそめがそれを切り、豆と合わせて煮物にする。これも人気の惣菜だ。

「しばらくつくれないからね」

おそめが言った。

「おのれでだしを引いて、昆布を刻んでつくればどうです?」

庄兵衛が水を向けた。

「いや、庄さんの昆布じゃないと」

「餅は餅屋だから」

おそめと善太郎が言った。

「なら、また秋になるまで待ってくださいよ」

庄兵衛は言った。

「明日から鰻屋だからな」

善太郎が言う。

川開きに合わせて、あきなうものをおでんから鰻の蒲焼きに変える。これが庄兵衛の流儀だ。

「屋台で待っているあいだ、団扇《うちわ》を動かす稽古をしとかないと」

庄兵衛は身ぶりをまじえた。

終いものおでんに続いて、甲次郎の天麩羅の屋台が出た。

ただし、その顔色はさえなかった。

「おとしは寝てるんで」

甲次郎は言った。

「昆布豆を持っていこうかと思ってたんだがね」

おそめが言う。

「ありがてえが、食が細くなっちまって」

甲次郎が浮かぬ顔で答える。

「なら、これを」

今日は屋台を出すと聞いていたから、あらかじめ大根おろしを支度しておいた。

「ああ、ありがてえ。余ったら、豆腐にのっけておとしに食わせてやるよ」

甲次郎はやっと渋い笑みを浮かべた。

「身の養いになるからな、大根おろしは」

善太郎が言う。

「売り物の天麩羅は、胃の腑が丈夫じゃねえと食えねえから」

いくらか残念そうに、甲次郎は答えた。

「今日はまだあるから、庄兵衛の玉子をもらって食わせてやりな」

情のこもった声で善太郎は言った。

「ああ、そうするよ。なら、頼む」

甲次郎は屋台を担いだ。

「承知で」

「おとしさんはわたしが見てるから」

人情家主とその女房の声がそろった。

しんがりをつとめるのは、寿司の屋台だった。

寿一とせがれの寿助。それに、秋から泪寿司を開く小太郎が三人がかりで出す。

「明日は休みだから、二日分稼がないと」

小太郎が言った。

「何だ、せっかくの書き入れ時なのに」

善太郎が意外そうな顔つきになった。

両国の川開きの晩は、なみだ通りも帰りの客でにぎわう。本所のほうから花火見物に行く客もかなりいるからだ。それを当てこんで、屋台を出すのが常だった。

「見に行くのかい、小太郎」

おそめが問うた。

「いや、おいらじゃなくて、寿助がね」

小太郎は笑みを浮かべた。

「あんまり言わないでくれ」

寿助がさっと右手を挙げた。

「だれかと一緒に行くのかい」

おそめがそれと察して笑みを浮かべた。

「隅に置けないね」

善太郎も言う。

「見世の看板娘と……」

寿一がぽろっと口をすべらせた。

「いや、まだ言わないでくれ、おとっつぁん」

寿助があわてて言った。

「あとで小太郎から聞くよ」

その様子を見て、おそめが笑みを浮かべた。

「なら、行ってきます」

小太郎が屋台を担いだ。

「おう、頼むぞ」

やっと立ち直ってくれたせがれに、父は張りのある声をかけた。

六

両国の川開きは滞りなく行われた。

大川には屋根船がいくつも出た。その赤い提灯の灯りと花火が妍《けん》を競う。

「たまやー」

「かぎやー」

花火が打ち上がるたびに、歓声も上がる。

両国橋の界隈に集まった江戸の人々は、ここぞとばかりに声を張り上げた。

両国橋の西詰と東詰には、ありとあらゆる屋台や床見世が出る。花火の歓声に、その売り声も重なって響く。

そんな喧騒から離れたなみだ通りの長屋の一室では、甲次郎がじっと腕組みをしていた。

おとしが熱を出したので、天麩羅の屋台は休んで看病につとめていた。

ちょうど道庵が往診に来てくれたが、医者の表情はさえなかった。むろん口に出してはっきりとは言わないが、「覚悟をしておきなさい」と告げられているかのように甲次郎には思われた。

冷たい井戸水を入れた盥《たらい》に手拭を浸し、絞って女房の額に載せてやる。

おとしのまぶたがだしぬけに開いた。

「目が覚めたか？」

甲次郎が訊いた。

「おまえさん……」

おとしは弱々しい声で言った。

「今夜は両国の川開きだ。いまごろは花火が上がってるだろう」

甲次郎は言った。

「……聞こえるよ」

と、おとしは言った。

「花火の音がか？」

甲次郎は耳を澄ませた。

だが、何も聞こえなかった。かすかに届いたのは風鈴の音だけだ。

おとしは小さくうなずいた。

「あの子らと、行った」

遠い目つきで言う。

「そうだったな。いくたびか行った」

甲次郎はしみじみと言った。

死んだせがれの乙三郎がいた。嫁に行った娘もいた。みなでわいわい言いながら、川開きの花火を見物した。

おとしも元気だった。

「また上がったよ」

弾む声で言って花火を指さした。

あのときの女房の表情がありありと思い出されてきた。

あの日は遠い。いまはあまりにも遠い。

「……いるよ」

おとしがぽつりと言った。

「だれがだ?」

いくぶんしゃがれた声で、甲次郎が訊いた。

「あの子がいるよ。乙三郎がいる」

おとしは答えた。

その言葉を聞いたとき、甲次郎の胸がきやりと鳴った。

嫁に行った娘の顔が浮かぶ。

あいつに知らせたほうがいいかもしれない……。

甲次郎はそう思った。

七

それからひと月が経った。

その日は雨が降った。

すぐ上がる夕立ではなさそうだった。なみだ通りの屋台はみな湊どまりで休むことになった。

善太郎は庄兵衛と卯之吉とともに相模屋に向かった。せがれの小太郎は寿助と一緒に舌だめしのために浅草へ行っている。

相模屋の客は一人だけだった。中園風斎だ。

「ああ、鰻茶をいただいています」

庄兵衛に向かって、学者は折り目正しく言った。

「そりゃ、売れ残りを渡した甲斐があります」

庄兵衛が笑みを浮かべた。

昼の早いうちはまだ降っていなかったので、蒲焼きの屋台を両国橋の東詰に出した。ただし、降られて売れ残ってしまったため、相模屋に下取りしてもらった。茶漬けも看板にしている相模屋でさっそく鰻茶に化けたという次第だ。

「なら、おいらも」

卯之吉が座敷に座るなり手を挙げた。

「へい、承知で」

大吉がすぐさま答えた。

「それなら、わたしもいただくかね」

善太郎も乗ることにした。

「庄さんはいかがです？」

おせいが水を向ける。

「もうちっと経って売れ残ってたら」

蒲焼きをあきなう男は答えた。

「お、先生を独り占めかい？」

善太郎はおこまに声をかけた。

小上がりの座敷に広げられているのは、七つの娘の手習いだ。

「うん」

おこまがうなずく。

そのひざでは、猫のつくばが気持ちよさそうに寝ていた。

「先生は息抜きに見えたんだから」

おせいが申し訳なさそうに言った。

「いやいや、手習いを見るだけで疲れはしませんから」

風斎はそう言って笑った。

そのかたわらには、重そうな風呂敷包みが置かれている。雨が降ると書物を買いに行きたくなるのは悪い癖らしい。

そのうち、烏賊《いか》そうめんが出た。

煮売り屋もおでん屋と同じく冬に好まれるあきないだ。あたたかいものばかりでは、暑気払いを求める客足が遠のいてしまう。

そこで、あきない熱心な大吉は、おのれで学んであの手この手の夏向けの料理を出すようにしていた。その最たるものが烏賊そうめんだ。

「うまいね」

食すなり、善太郎が言った。

「ほんとにうまいと、言葉数が減ります」

卯之吉が言う。

「この烏賊そうめん、甲次郎さんが好物だったねえ」

庄兵衛が感慨をこめて言った。

「それじゃ、甲次郎が死んだみたいだよ」

人情家主がすかさず言った。

「ああ、そうか」

庄兵衛は苦笑いを浮かべた。

亡くなったのは甲次郎ではなかった。

その女房のおとしだった。


川開きの翌日だった。

久しく患っていたおとしは、息子の乙三郎が待つあの世へと旅立った。

乾物屋の嫁になっている娘は臨終に間に合った。甲次郎とともに死に水を取った。

眠るがごとき最期《さいご》だった。苦しまずに逝ってくれたのは不幸中の幸いだった。

長屋の者が総出で葬儀の手伝いをし、初七日も終わった。

だが……。

甲次郎はすぐに屋台を出す気にはなれないようだった。

無理もない。頼みのせがれに続いて、長年連れ添い、一緒に屋台もやってきた女房もなくしてしまったのだから。

「どうしてますかねえ、甲次郎さんは」

卯之吉がそう言って、小ぶりの湯呑みの酒を口に運んだ。

「いらないっていう銭を無理に持たせて、思い出のあるところを回ってきなって言ったんだがね」

　善太郎が言う。

「気が済むまで回るといいですよ」

　相模屋のあるじがしみじみと言った。

「ほんに、気の毒なことで」

　おせいも和す。

「まあしかし、悪いことがあればいいこともあるのが世の中なんで」

　庄兵衛がそう言って、枝豆を口に運んだ。

「泪寿司の普請も進んでるそうですし」

　おせいが笑みを浮かべる。

　大工仕事との掛け持ちだが、寿助による普請はだいぶ進んできた。看板が遅れているが、上州屋の提灯はいち早くできた。秋にはそこに灯がともる。

「禍福《かふく》はあざなえる縄のごとしと言います。次は福の番ですよ」

　風斎が言った。

「そうなるといいですね」

人情家主が思いをこめて言った。

八

雨は夜のうちに上がり、翌る日は晴れ間が広がった。

天麩羅の甲次郎の姿は芝神明《しばしんめい》にあった。

かつて、家族で神明宮にお参りしたことがある。乙三郎はまだ八つくらいのわらべだった。むろん、おとしは達者だった。娘を含めて、みなで茶見世に寄って団子を食べた。

門前には、昔と同じ茶見世があった。少し迷ったが、甲次郎は休んでいくことにした。

「草団子を……二本くれ」

甲次郎はおかみに言った。

「ひと皿に二本ついてるんですが」

おかみは答えた。

「なら……二皿だ」

甲次郎は控えめに指を二本立てた。

「はい、承知しました。いま麦湯をお持ちしますので」

おかみは急に愛想よくなった。

ちょうど縁日のようだ。門前の通りには親子や夫婦の姿が目立った。

かつてはおのれもそうだった者たちが、幸せそうな笑みを浮かべて、ともに語らいながら歩いていく。

甲次郎はいくたびも瞬きをした。

冷たい麦湯に続いて、草団子が二皿来た。

「……食え」

そのうちのひと皿を、甲次郎は長床几《ながしょうぎ》の脇のほうに置いた。

「おめえらの分だ。一本ずつ食え」

甲次郎はそう言うと、おのれの団子を口中に投じた。

とくに変哲のない草団子だが、なつかしい味がした。

「食えと言われても困るな」

甲次郎はそう独りごちると、もうひと皿の団子にも手を伸ばし、胃の腑に落とした。

そして、銭を支払って茶見世を出た。

それから、海へ向かった。

なぜか海を見たくなったのだ。

芝の浜に下りると、漁師たちがいくたりか車座になって呑んでいた。

漁師の朝は早い。

いち早く網を上げ、河岸に運んでから、おのれの手で獲った魚をさばいて呑んでいるところだった。

「うまそうなもの食ってるな」

甲次郎は声をかけた。

「おう、朝獲れの鱚の刺身だ」

「鱚は天麩羅もうめえがよ」

漁師の声が返ってきた。

「知ってるよ。おれは天麩羅の屋台をやってるんで」

甲次郎は笑みを浮かべた。

笑ったのは久々だった。すぐには思い出せないくらいだ。

「そうかい。そりゃ釈迦に説法だったな」

「どこで屋台をやってんだ?」

漁師の一人が訊いた。

「本所のなみだ通りっていうところだ。両国橋の東詰で訊いてくれたらすぐ分かる」

甲次郎は答えた。

「ちいと遠いな」

「近くへ行ったら寄ってやるよ」

「気張って売ってくんな、鱚天」

気のいい漁師たちが言った。

軽く右手を挙げると、甲次郎はなおも浜を歩いた。

波が寄せては返す。歩を進めながら、そのさまをしばし眺めた。

やがて、甲次郎は立ち止まった。

沖を見る。

船がゆっくりと通り過ぎると、日の光を弾く沖には何も見えなくなった。

そこに、浄土がある……。

そんな気がした。

乙三郎がいる、おとしもいる。

もう苦しむこともなく、親子水入らずで、遠い浄土で暮らしている。

そう思うことにした。

ふっ、と一つ、甲次郎は息をついた。
そして、きびすを返して陸《おか》に向かった。

第六章　見世《みせ》びらき

一

なみだ通りに、甲次郎の屋台が帰ってきた。

「明日からまた屋台を出すよ」

幼なじみの甲次郎からそう言われたとき、善太郎は思わず言葉に詰まった。

「……そうかい」

のどの奥から絞り出すように、善太郎は言った。

「おかげで、ふっ切れたんで」

甲次郎は笑みを浮かべた。

「また気張ってくださいましな。お客さんが待ってるから」

おそめが笑みを返す。

「よその天麩羅の屋台も食った。……いや、屋台の天麩羅だな」

甲次郎は言い直した。

「屋台を食べちゃ駄目よ」

おそめが笑う。

「どこの屋台だい」

善太郎が訊いた。

「芝の街道筋に出てた」

甲次郎は答えた。

「浜が近いから、魚がうまいだろう」

「ああ。うまい鱚天を売ってくれと漁師から言われた」

「そりゃ何よりだ」

そんな話をしていると、両国橋の東詰で蒲焼きをあきなってきた庄兵衛がいったん長屋へ戻ってきた。

庄兵衛もまじえて話を続ける。

「そうそう、芝の屋台で甘藷《かんしょ》の天麩羅を食ったんだが、ありゃあなかなかいけるかもしれねえな」

　甲次郎は言った。

「芝でも陸のものが出るんだな」

　と、善太郎。

「白金村《しろかねむら》の畑で採れるらしい」

　甲次郎は答えた。

「甘藷の天麩羅はさくさくしてうまいっすからね」

　庄兵衛が笑みを浮かべた。

「甘藷だったら、砂村からたまに売りに来るから」

　と、おそめ。

「甘煮にしてもうまいからな」

　善太郎も乗り気で言った。

「なら、屋台の新たな顔にしよう」

　甲次郎は言った。

「そうだな。新たな門出だ」

　善太郎の目尻にいくつもしわが寄った。

「おれだけになっちまったけどよ」

甲次郎が渋く笑う。

「見守ってくれてるよ、おとしさんも」

おそめがさりげなく空を指さした。

「乙三郎もね」

庄兵衛も言う。

「……そうだな」

半ばはおのれに言い聞かせるように、甲次郎はうなずいた。

二

翌日はいい天気になった。

善太郎とおそめの人情長屋には、夕方からいくたりも人がやってきた。

「おう、今日からだって？」

声をかけたのは額扇子の松蔵親分だった。

「また通りがにぎやかになりますな」

子分の線香の千次もいる。

「屋台が一台戻ってきただけなんで」

甲次郎は苦笑いを浮かべた。

「天麩羅も湯屋の帰りに買うよ」

「ご祝儀みたいなもんだからね」

惣菜を買いに来た女房衆が声をかけた。

今日は煮豆に大根菜の胡麻和《あ》えにひじきの煮つけに金平牛蒡《きんぴらごぼう》、どれも素朴でなつかしい味がする。

「ああ、待ってるよ」

甲次郎は笑みを浮かべた。

卯之吉の風鈴蕎麦が先陣を切った。

「甘藷の天麩羅は蕎麦に合いますかねえ」

卯之吉が言った。

「どうだろうかね。ま、鱚天と海老天があるから」

と、甲次郎。

「なら、おいらのところへ運ぶように言ってください」

卯之吉はそう言って屋台を担いだ。

ちりちりん、と風鈴が涼やかに鳴る。

「おう、分かった」

甲次郎は右手を挙げた。

いくらか遅れて庄兵衛の蒲焼きが出て、寿一と寿助と小太郎の寿司の屋台も支度が整った。

「久々に全部の屋台がそろったな」

善太郎が笑顔で言った。

「うちはそろそろ終いだがな」

寿一が言う。

「あきない終いじゃなくて、見世を開くんだから」

寿助が言った。

泪寿司の普請はおおかた終わった。そろそろ看板もできてくる頃合いだ。

「寿助はどうするんだい？」

甲次郎が訊いた。

「おいらは大工で気張って、泪寿司は小太郎とおとっつぁんに任せるつもりで」

寿助は答えた。

万組の棟梁の万作から頼りにされている寿助は、いまや片腕のような大工になっている。

「惣菜もあきなうから、おっかさんにも詰めてもらうけど」

小太郎はおそめのほうを手で示した。

「せいぜい気張ってやるよ」

おそめが帯を軽くたたいた。

「なら、あとでまた顔を見せるから」

善太郎が言った。

「よし、気張って出すか」

甲次郎の声に力がこもった。

三

「お、久々だな」

つまみかんざしづくりの親方の辰次が声をかけた。

「また戻ってきました」

甲次郎が答える。

「このたびは愁傷なことで」

辰次が悔やみを述べた。

「なに、浄土へ先に行っちまっただけで」

甲次郎はわずかに笑みを浮かべた。

「なら、何でも食え」

親方は弟子に言った。

「この串は？」

弟子は甲次郎にたずねた。

「切った甘藷だよ。水に浸けてあくを抜いてから天麩羅にしてるから、ほくほくしててうめえぞ」

屋台のあるじは答えた。

「そうかい。なら、おれももらおうか」

親方も身を乗り出してきた。

「毎度ありがたく存じます。甘辛いたれをつけてどうぞ」

甲次郎は壺《つぼ》を手で示した。

「二度づけは駄目だぞ」

親方が弟子に言う。

「はい」

殊勝に答えると、若い弟子は甘藷の天麩羅の串を口に運んだ。

「あ、おいしい」

すぐさま声があがる。

「うん、うめえな。こりゃ名物になるぞ」

親方の顔もほころんだ。

そうこうしているうちに、ほかの湯屋がえりの客もやってきた。用意した甘藷の串は好評のうちに売り切れた。

客の波が引くと、ふっと凪《なぎ》のような時が来た。

だいぶ涼しくなってきた風が、なみだ通りを吹き抜けていく。

(今日は早めに売り切れそうだね……)

いやにありありと、死んだおとしの声が響いてきた。

客が来ないとき、女房と話をしながら待っていた。

そのときの声が、すぐそばで響いたような気がした。

「甘藷は評判が良かったな」

甲次郎は声に出して言った。

(早めに帰って休もうよ……)

まだ張りのある声が、たしかに近くで聞こえたように思われた。

人は死んでも、それで終わりではない。

人の心のなかで、いつまでも生きつづける。

そう聞いたことがある。

そのとおりだ、と甲次郎は思った。

通りの向こうにぽつんと一つ、ほのかな灯りが見えた。

闇の中にぼんやりと現れた提灯の灯りは、近づきも遠のきもせず、しばらく同じところにとどまっていた。まるで甲次郎の屋台のほうを遠くからうかがっているかのようだった。

「おとし……」

甲次郎は屋台から離れ、二、三歩近づいた。

提灯の灯りがふっと消えた。

それきり何も見えなかった。

四

泪寿司の見世びらきまで、あと半月を切った。

「ちょうどいいころにできあがったね」

善太郎が紙をかざした。

引き札の刷り物だ。

「もうちょっと早くてもよかったくらい」

おそめが言う。

「庄兵衛の発句がなかなかできなくて気をもんだが、なかなかの仕上がりになったよ」

刷り物を見て、善太郎が満足げに言った。

ちょうどそこへ小太郎が戻ってきた。

「お願いしてきたかい？」

おそめが問うた。

「ああ。相模屋さんはいくらでも置いてくれるって」

小太郎が明るい表情で答えた。

「そりゃ、大吉は身内みたいなもんだからな」

と、善太郎。

「これからやぶ重さんにも行ってくるよ」

小太郎が言った。

「あそこも置いてくださるだろうね」

おそめがうなずく。

「さすがに与兵衛鮨には頼めないだろうが」

善太郎が笑みを浮かべた。

「そりゃあ無理筋だね、おとっつぁん」

小太郎も笑った。

ここで真っ先に屋台の支度を整えた卯之吉が出てきた。

「さっそくお客さんに配るぜ」

風鈴蕎麦のあるじが小太郎に言った。

「お頼みします」

小太郎が頭を下げる。

焉笑の弟子の小勝が思案した文句に、絵心のある下っ引きの千次が描いた寿司の絵がとりどりに描かれている。

握りに押し寿司に稲荷寿司、持ち帰り用の舟形の器に入ったちらし寿司。そして、笑顔で食している女の顔。これはおそめを描いたらしい。

蕎麦に続いて、蒲焼きの屋台の支度が整った。

秋風が吹くと、おでんが恋しくなってくる。泪寿司の見世びらきに合わせて、庄兵衛のあきなうものも変わる。

「おれの発句が載ってるから、ちと気恥ずかしいがな」

東西という俳号を持つ男が言った。

「句ができてよかったよ」

善太郎が胸に手をやった。

「一時はどうなることかと思ったけど」

おそめが笑みを浮かべた。

「いや、不出来で面目ないんだが」

庄兵衛は苦笑いを浮かべて刷り物を見た。

見世の名に負けぬほどの大きさで、発句がこう記されていた。

本所名物うれしなみだの泪寿司

「季《とき》を示す言葉がないし、上の句は字余りだし、情けねえかぎりで」

庄兵衛は大仰に顔をしかめた。

「いや、かえってそこがいいよ」

おそめが言った。

「そうそう。『本所名物』といきなり大きく出るところが」

小太郎も和す。

「そう言ってくれるとほっとするがよ」

と、庄兵衛。

「発句に負けないような『本所名物』にしないとな」

善太郎が言った。

「ああ、気張ってやるよ」

立ち直った跡取り息子が気の入った声で答えた。

五

「いいじゃねえか」

煙管を吹かしながら、寿一が目を細めた。

泪寿司の看板ができた。

待たせただけあって、ほれぼれするような出来だった。

「棟梁が選んだ木だから、木目がいい感じだな」

寿助がうなずく。

「焉笑師匠の字も味があっていいよ」

善太郎が笑みを浮かべた。

「看板にしてみると、なおさらほっこりするわね」

おそめも言う。

「提灯もできてるし、あとは見世を開くだけ」

小太郎が両手を打ち合わせた。

「寿司の屋台もあと三日か」

せがれが運んできた空き樽の上で煙管を吹かしながら、寿一が感慨深げに言った。

ほどなく、本所方の魚住与力と安永同心がやってきた。

「おう、こりゃ立派な看板ができたな」

与力が指さして言った。

「あんまり大きくないので遠くからは見えませんが」

寿助が答える。

「いや、これくらいがちょうど品があっていいよ」

安永同心が笑みを浮かべた。

「こっちで惣菜を売るんです」

小太郎が手で示した。

「寿司と惣菜があれば、独り者の用は足りるからな」

与力がうなずく。

「気張ってつくらないと」

と、おそめ。

「これで雨の日でも寂しくはなくなるだろう」

「屋台が出ないと、相模屋とやぶ重のあいだが真っ暗でしたからね」

本所方の二人が言った。

「たとえ小さい灯りでも、提灯に灯りがともっていたらほっとするでしょうよ」

善太郎の顔がほころんだ。

「屋台は前の晩まで出すのかい?」

与力が問うた。

「いや、前の日は仕込みがあるので」

寿一が答える。

「屋台と違って、日の高いうちから見世を開けますから」

小太郎が言った。

「明日は降るかもしれねえから、下手《へた》したら今夜で屋台は終わりだ」

寿一がせがれのほうを見た。

「なら、思い残すことがないように売り声を上げるよ」

寿助が言った。

「その前に、刷り物配りがあるだろう?」

小太郎が言う。

「ああ。そろそろ行かなきゃ」

寿助は空をちらりと見て答えた。

「どこで配るんだ？」

安永同心がたずねた。

「両国橋の東詰で」

寿助は軽くそちらの方向を指さした。

「一緒に配る人がいるんで」

小太郎が思わせぶりに言った。

「屋台の仲間か？」

魚住与力が問うた。

「いや、まあ……余計なことを言わなくていいから」

寿助が小声で制した。

「はは、すまねえ」

小太郎は笑ってごまかした。

いつのまにか、寿助の顔はほんのりと赤く染まっていた。

六

それから半刻後――。

寿助の姿は両国橋の東詰にあった。

「なみだ通りに新たな名店、与兵衛鮨に負けない泪寿司、いよいよ一日に見世びらきです
―」

よく通る声が響いた。

声を発していたのは寿助ではなかった。

上州屋の末娘のおちかだった。

「与兵衛鮨の名を出してもいいのかい、おちかちゃん」

寿助がいくらか及び腰で言った。

「いいわよ。文句を言われたら謝るから」

提灯屋の看板娘はそう言って笑った。

きれいに結った桃割れに飾られているのは、紅葉のつまみかんざしだ。ひと足早い秋の訪れを告げるかんざしが彩り鮮やかで人目を惹《ひ》く。

「なみだ通りに泪寿司、握りに、ちらしに、押し、稲荷……」

　おちかは唄うように口上を述べながら、引き札の刷り物を通りかかった人々に渡していった。

「どうかよしなに」

　寿助も笑顔で配る。

「おっ、提灯屋の末娘じゃねえか」

「何やってんだよ」

　ちょうど通りかかったなじみの職人衆が声をかけた。

「はい、刷り物配りのお手伝いを」

　おちかは明るく答えた。

「銭で雇われたのかい」

　職人の一人が訊く。

「いえいえ、知り合いなので」

　おちかは寿助のほうを手で示した。

「おめえさんは万組かい？」

　寿助の半纏を見て、職人が問うた。

「へい、さようで。おとっつぁんの寿司の屋台を手伝ってたんですが、見世を出すことになりまして。おいらの朋輩の小太郎が若あるじなんですが。……どうかよしなに」

寿助はまた刷り物を渡した。

「ほう、そうかい」

「なら食いに行くぜ」

「なかなかうまそうじゃねえか」

気のいい職人衆はそう言ってくれた。

「ぜひお越しくださいまし」

上州屋の看板娘は笑顔で言った。

二人で刷り物を配ったら、またたくうちになくなった。

「じゃあ、わたしはお見世に」

おちかが言った。

短いあいだだからと親に言って手伝いに出てきたから、ゆっくりしてはいられない。

「ああ、お疲れさま。助かったよ」

寿助は白い歯を見せた。

「甘味処はまた次にでも」

おちかも笑みを返す。

「そうだね」

寿助は急に引き締まった顔つきになった。

「おとっつぁんに話をするのはそのあとで」

それと察して、おちかが言った。

「おいらのおとっつぁんの寿司はもう食べてもらったからね」

と、寿助。

「泪寿司がのれんを出したら、また行くつもりなので」

おちかが言った。

泪寿司の提灯を頼みに小太郎とともに上州屋へ行ったあと、寿助はばったり往来でおちかに会った。

習いごとの帰りだというおちかのほうから、「甘いものはどうか」という誘いがあった。そこから縁が生まれた。

寿助が手がけている大工の普請仕事のことを、おちかはいろいろと知りたがった。寿助が身ぶりをまじえて説明してやると、おちかは瞳を輝かせて聞いてくれた。

それやこれやで、若い二人はいつしか恋仲になった。

「今日は最後の屋台だから」

寿助が言った。

「気張ってね、寿助さん」

おちかが声を送る。

「ああ、気張るよ。おちかちゃんも、見世を気張ってな」

寿助が右手を挙げた。

もうすぐそこが上州屋だ。

「はい」

提灯屋の看板娘が笑みを返した。

七

前の晩は幸いにも雨は降らなかった。

せっかくの見世びらきだから、このまま天気が保ってくれればいい。

なみだ通りの面々はこぞってそう思った。

「なんだかどきどきするわね」

おそめが帯に手をやった。

「なに、こっちは惣菜の量り売りをするだけだから」

善太郎が言った。

すでに秤《はかり》も入っている。あとは惣菜をとりどりにつくって大鉢を運び入れるだけだ。

「どうだい、おとっつぁん、加減は」

寿助が声をかけた。

「いちばん奥ならお客さんの邪魔にはならねえな」

寿一が手を動かすふりをしながら答えた。

寿司飯はないが、明日からのつとめが勝手よくできるように、身の動かし方をたしかめているところだ。

「毎度ありがたく存じます」

小太郎がそう言って、いもしない客に向かって包みを差し出すふりをした。

こちらも見世びらきの稽古だ。

「いい感じだよ、小太郎」

母が笑顔で言った。

「いや、もっと肚から声を出さないと」

父は厳しい。

「毎度ありがたく存じますー」

小太郎は声を張りあげた。

その声を聞いて近づいてきた人影があった。

松蔵親分と子分の千次だ。

「もう見世びらきかと思ったぜ」

松蔵が言う。

「いま稽古してるところなんです」

おそめが答えた。

「いよいよだな」

千次が小太郎に言った。

「へい。気が入ってます」

小太郎は二の腕をぽんとたたいた。

「ちょいと中を見せてくんな」

親分が泪寿司の中に入った。

子分も続く。

「もとは長屋なんで、いささか狭いんですがね」

善太郎が言った。

「おう、小ざっぱりとしてていいじゃねえか」

松蔵が小上がりの座敷を手で示して言った。

「畳が若《わけ》えから、いい香りがするな」

千次が手であおぐ。

「ここにおいらとおっかさんが立って、持ち帰りのお客さんに品を出すんで、いくらか狭いかも」

小太郎が言った。

「おとっつぁんのとこはいちばん奥だからいいけどね」

寿助が寿一のほうを手で示した。

「座敷に上がるとこに腰かけて、横に並んだら八人くらい入れるな」

松蔵が言った。

「そうなんです。座敷に上がって向かい合って食べたら三組が精一杯ですけど」

おそめが答える。

「見世の前に長床几《ながしょうぎ》を出したら、もっとたくさん座れるぜ」

千次が一つ手を打ってから言った。

「馬鹿。この通りは荷車も通るじゃねえか」

すかさず親分が言った。

「あ、そうか」

子分が髷に手をやる。

「でかい荷車もたまに通るからねえ」

善太郎が腕組みをした。

「そのたびにどかせるわけにはいかないから」

と、小太郎。

「もし見世に入りきれなかったら、外に並んでもらうしかないね」

おそめが言った。

「それじゃ、与兵衛鮨みてえだな」

松蔵親分が笑みを浮かべた。

「なみだ通りがにぎやかになるぜ」

子分も和す。

「あとはもう、とにかく慣れで」

半ばはおのれに言い聞かせるように、小太郎が言った。

「見世っていう器はできてるんだからな」

十手持ちが奥の壁を指さした。

すでにとりどりの貼り紙が出ていた。

こんな按配だ。

にぎりおまかせ　松、竹、梅
たまご
押しずし
ちらしずし
いなり

このほかに、「かつおの手こねずし」などの貼り紙を折にふれて貼ることになっている。日によって仕入れ値が違うから、あらかじめ代金は記さないことにした。

「酒は出さねえんですかい？」

線香の千次が訊いた。

「うちはさっと寿司をつまんで出ていく見世なんで」

もうあるじの顔で小太郎が答えた。

「酒を呑む客は長《なが》っ尻《ちり》になるからな」

松蔵がうなずいた。

「そうそう。腰を落ち着けて呑みたけりゃ、相模屋もやぶ重もあるんだから」

善太郎が笑みを浮かべた。

「おれは合間にちらっと呑みてえがな」

寿一が言った。

「そりゃ、お客さんの手前、無理だよ」

寿助がやんわりとたしなめる。

「ああ。終わってから呑むよ」

父は猪口《ちょく》を傾けるしぐさをした。

「お寿司とお惣菜を買って、長屋で呑んでもらえればねえ」

おそめが言った。

「近いうちにそうなるよ」

母に向かって、小太郎が請け合うように言った。

八

その晩も、なみだ通りに屋台が出た。

ただし、その配置は前日までといくらか違っていた。

「寿司屋かと思ったら、天麩羅屋さんかい」

そう声をかけたのは、堂前の師匠の焉笑だった。

「おや、師匠。違う向きから見えましたね」

甲次郎が答えた。

「今日は本因坊家におよばれでね」

噺家が通りの本所側を手で示した。

「あたしも前座をやらせてもらいました」

弟子の小勝が言う。

「さようでしたか。寿司の屋台が明日から見世になるので、代わりにここへ出すことに」

甲次郎が言った。

「なら、評判の甘藷の串を一つ」

焉笑は芝居がかったしぐさで指を一本立てた。

「あたしも乗りましょう」

小勝が大仰《おおぎょう》に手を打ち鳴らした。

「そんな大げさに言わなくたって」

「すんません」

そんな調子で掛け合っているところに、庄兵衛が屋台をかついで戻ってきた。

「もう売り切れかい？」

甲次郎が声をかける。

「終《しま》いものの蒲焼きなんで、あっという間に売り切れちまいました」

庄兵衛が笑顔で答えた。

「明日からはおでんかい」

焉笑が言う。

「『蒲焼きは昨日で終いおでん酒』」

庄兵衛は発句で答えた。

「なみだ通りの蒲焼きの屋台とかけて花火と解きます」

小勝が藪《やぶ》から棒に言った。

「ほう、そのココロは？」

師がふところから扇子《せんす》を取り出して弟子を示した。

「どちらも夏のあいだの楽しみでしょう」

「うまい」

庄兵衛は手を一つ打ったが、師匠は首を横に振った。

「ひねりが足りないね。出直しだ」

焉笑はにべもなく言った。

「へえ、すんません」

弟子は髷に手をやった。

そのうち、風鈴の音を響かせながら、卯之吉の蕎麦も戻ってきた。

「今夜は早じまいで」

蕎麦の屋台のあるじが言った。

「なんだ、おれだけ居残りか」

甲次郎が苦笑いを浮かべる。

「あとは任せましたんで」

と、庄兵衛。

「寿一さんが屋台から足を洗ったからには、甲次郎さんが元締めみたいなもんですから」

卯之吉もおだてる。

「けっ、とんだ元締めだよ」

そう言いながらも、甲次郎の表情はおとしを亡くした当座よりずっと明るくなっていた。

「なら、ご祝儀にもう一つ、今度はかき揚げを」

焉笑が言った。

「よく食いますねえ、師匠」

小勝があきれたように言う。

「それだけ食えば、ますます長生きで」

庄兵衛が笑みを浮かべた。

九

いよいよ、その日が来た。

泪寿司は朝のうちから仕込みに余念がなかった。

寿司飯と寿司種ばかりではない。惣菜づくりもあるから忙しい。

惣菜は善太郎とおそめがつくって泪寿司に運ぶ。寿一はおのれの部屋で玉子焼きなどをつくる。酢飯にする飯は小太郎が炊く。それぞれのものを持ち寄って準備を整えなければならないから、なかなかに大変だ。

「はい、ひじきの煮つけ、あがったよ」

長屋の女房衆も手伝ってくれた。

「切干大根はもうちょっとだね」

ほうぼうでにぎやかな声が響く。

「すまないね。助かるよ」

人情家主が労をねぎらった。

「運ぶのはわたしがやるから」

おそめが言った。

「いやいや、あたしも手伝うよ」

「どうせ暇だからね」

気のいい女房衆が口々に答えた。

そこへ小太郎が姿を現わした。

「いよいよだね」

「気張ってやって」

女房衆から声が飛ぶ。

「だいぶ心の臓が」

小太郎は胸に手をやった。

「取って食おうってわけじゃないんだから」

善太郎が言った。

「そうそう、お客さんが取って食うのは、おまえが握る寿司だからね」

おそめも笑みを浮かべる。

「みんなご祝儀で買ってくれるよ」

「焦らず手を動かしてればいいんだから」

女房衆が言う。

「あとは、笑顔と『ありがたく存じました』だね」

おそめが笑ってみせた。

「ああ、分かった」

小太郎は気合を入れるように帯をぽんとたたいた。

屋台の面々も見世びらきにひと役買った。

それぞれの仕込みの具合を見ながらだが、通りに出て最後の刷り物を渡した。

「泪寿司、まもなく見世びらきだよ」

卯之吉がいい声を響かせた。

「与兵衛鮨に負けない味だ。食わなきゃ損だよ」

負けじと庄兵衛も言う。

甲次郎も顔を見せていた。

「よしなに」

短く言って、通りかかった者に刷り物を渡していく。

「だれかと思ったら、天麩羅屋じゃねえか」

なじみの客が声をかけた。

「へい。仲間が見世を出すもんで、総出で助っ人を」

甲次郎は笑みを浮かべた。

「そうかい……顔色がよくなったぜ」

「そりゃ、いつもは夜ですから」

「はは、そういうことにしとこう。あとで寄ってやるよ」

「どうかよしなに」

そんな按配で、刷り物はそのうちなくなった。

見世びらきの直前には、万組の大工衆も駆けつけた。

「おお、間に合った」

寿助が額の汗を手で拭った。

「もう客が並んでるじゃねえかよ」

「こりゃ繁盛間違いなしだ」

大工衆がさえずる。

「小太郎、落ち着いて」

寿助が見世に向かって言った。

「おう、気張ってやるよ。ありがとな」

泪寿司から、いい声が響いてきた。

機は熟した。

「お待たせしました。なみだ通りに泪寿司、これから見世びらきです」

並んでいた客に向かって告げたのは、人情家主の善太郎だった。

その声はいくらかうわずっていた。

急に胸にこみあげてくるものがあったのだ。

ふらふらしていた小太郎がどうにか立ち直り、みなの助けをもらって、いま寿司屋を開こうとしている。

目を見ればすぐ分かる博打の借金の嘘をつかれたときには、暗然とした心持ちになった。この先、せがれはどうなってしまうのかと案じた。それだけに、この見世びらきは嬉しかった。

「おう、待ちかねたぜ」

「一番乗りだ」

そろいの半纏の左官衆が勇んでのれんをくぐった。

「いらっしゃいまし」

おそめの声が響く。

「お座敷にどうぞ」

口の重い寿一の代わりに、小太郎が言った。

客は次々に入ってきた。

「おいらは握りの竹だ」

「皮切りなんだから、松にしな」

「うう……なら、松でいいや」

「押し寿司は何だい？」

客の一人が問うた。

「鯖《さば》です」

寿一が手を動かしながら答えた。

「なら、それも二切れくんな」

「へい」

そんな調子で、ほうぼうから注文の声が飛んだ。

それればかりではない。

持ち帰り場にも列ができていた。こちらは稲荷寿司や惣菜の量り売りがある。客に茶も出さねばならないし、いち早く食べ終えた客の勘定もある。狭い見世の中で、おそめは右往左往しはじめた。

「手伝うよ、おそめさん」

「一人で何役も無理だから」

女房衆が見かねて助っ人に来た。

「おう、ちゃんと並べ」

「横入りは駄目だぞ」

松蔵と千次も様子を見にきた。

十手持ちがにらみを利かすと、列はすぐ正しく定まった。

小太郎は懸命に手を動かしていた。

山葵を忘れないように、たねをのせてしゃりを握る。初めのうちはいま一つしっくり来なかったが、寿司桶が重なるにつれて感じが出てきた。

「お、うめえじゃねえか」

「小鰭《こはだ》の酢の加減がちょうどいい」

「海老もうめえ」

客の声が何よりの励みになった。

「ありがたく存じます」

礼と笑顔を忘れず、小太郎はなおも手を動かした。

「酢飯が足りなくなってきたな」

寿一がぽつりと言った。

「なら、おいらが」

小太郎がすぐさま答えた。

「そのあいだは、年寄りがつないでるからよ」

莨蓙の上であぐらをかいた寿一が、だいぶ歯の抜けた口を開けて笑った。

客は引きも切らなかった。

持ち帰り場の惣菜も、見る見るうちにかさが減り、順々になくなった。

「毎度ありがたく存じました」

おそめの明るい声が響いた。

どうなることかと焦ったが、長屋の女房衆の助けでどうにか客をさばくことができた。

いくらか余った惣菜は、ささやかな御礼として女房衆に分けた。それできれいさっぱりなくなった。

持ち帰り場の前で、さっそく寿司をほおばる客もいた。

「この稲荷はうめえな」

「揚げに味がしみてるぜ」

客が感に堪えたように言う。

「油抜きをしてから、前の晩からじっくり煮てるんで」

善太郎が答えた。

そちらの仕込みは人情家主が自ら手がけた。

「経木《きょうぎ》に入ったちらし寿司は遣い物にもなるよ」

包みを提げた近くの隠居が言った。

「今後ともごひいきに」

善太郎は腰を低くして言った。

「ああ。楽しみが一つ増えたね」

隠居は笑みを浮かべた。

「おっ、どうだ？」

本所方の魚住与力と安永同心も様子を見に来てくれた。

「おかげさんで、売り切れそうです」

善太郎が答えた。

「そりゃ重畳だ」

「気張ってやってるみたいだな」

与力と同心が言った。

「おかげさんで」

人情家主は重ねて言って頭を下げた。

「あとお三人さまで売り切れです」

おそめのいくらかしゃがれた声が響いた。

「われらは間に合わなかったな」

与力が笑みを浮かべた。

「また明日にでも」

同心が言った。

ほどなく、小太郎が急いで出てきた。

「今日は終いで」

気の入った声で言うと、小太郎は見世の前に立て札を出した。

こう記されていた。

売切御免
泪寿司

第七章　祝いの宴

一

「こんな雨の日でもあきないができるんだから、やっぱり屋根付きはいいねえ」

風鈴蕎麦の卯之吉が少しうらやましそうに言った。

泪寿司の見世びらきから半月経った相模屋だ。雨で屋台は出せないから、早々とあきらめ、みな煮売り屋に集まっている。

「さすがに、たちまち売り切れたりはしなくなったようだがな」

おでんの庄兵衛がそう言って、よく煮えたじゃがたら芋を口に運んだ。

屋台で出すためにあく抜きなどの仕込みをしたものが無駄にならないように、相模屋に安くおろすのが常だ。よって、雨の日だけじゃがたら芋が出る。

「それでも、繁盛してるよ。結構なことだ」

甲次郎が厚揚げに箸を伸ばした。

「おれらもちょくちょく寄るけどよ。あの味なら客はつくぜ」

「おう、惣菜もうめえんだ」

土間に陣取った左官衆が口々に言う。

「若あるじが気張ってたが、ありゃあ親子でやってるのかい？」

左官の一人が言った。

「いや、ありゃ家主さんのせがれでね」

庄兵衛が答えた。

「寿司屋のせがれは万組で大工をやってるんだ」

卯之吉が告げる。

「万組ならときどき一緒にやるぜ」

「何ていう名だい」

左官が訊く。

「寿助で。寿司屋のおとっつぁんは寿一」

卯之吉が答えた。

「ああ、寿助かい。知ってるよ」

「おとっつぁんの寿司の屋台を担いでたんじゃなかったのか？」

左官の一人が問う。

「ああ。それがいろんないきさつがあって、家主のせがれの小太郎と一緒に寿一さんが泪寿司を始めたわけだ」

庄兵衛が教えた。

「屋台から見世になったのは、うちに続いて二軒目で」

手を動かしながら、大吉が言った。

「うちはいくらかお客さんが減ったけれど、通りが栄えればいいから」

おせいが笑みを浮かべた。

「ほかの屋台も見世にするのかい」

「屋台がなくなっちまったら寂しいけどよ」

左官たちが訊く。

「天麩羅は屋台だけのあきないっていうことになってるので」

まず甲次郎が言った。

「蕎麦屋はやぶ重があるからよ。おいらは屋台のほうが気楽でいい」

卯之吉が笑みを浮かべた。

「うちが見世なら、夏と冬とでいちいち普請をやり直さなきゃならないから」

おでんと蒲焼きの二股の庄兵衛がそう言ったから、相模屋に笑いがわいた。

「一つ減ったら、また一つ出したらどう？」

座敷の隅でお手玉をしていたおこまが、ふと思いついたように言った。

「何の屋台を出すんだい、おこまちゃん」

卯之吉が訊いた。

「そうねえ」

お手玉の手を止めて、おこまは思案した。

「甘いものの屋台かな」

七つの娘は、ちょっと大人びた様子で首をかしげた。

「おお、いいかもしれねえな」

「団子でも焼いてよう」

「そのうちだれか見繕って出しな」

左官衆が乗り気で言った。

「うーみゃ」

猫のつくばが、やにわにないた。

お手玉が止まったのが不満らしい。

「はいはい」

おこまはまた手を動かしだした。

「何にせよ、みなで通りを盛り立てていきたいですね。……はい、お待ちで」

相模屋のあるじが料理を出した。

名物の焼き握り茶漬けだ。

今日はさらに、あぶった松茸《まつたけ》まで入っている。秋の恵みの茸《きのこ》がなおさらうまくなる季《とき》になってきた。

「おお、来た来た」

まず卯之吉が受け取る。

「いい香りだな」

「こっちにも早くくんな」

左官衆が急《せ》かせる。

「はいはい、ただいま」

おせいが盆の支度をした。

「……ああ、うまい」

松茸入りの焼き握り茶漬けをひと口味わうなり、卯之吉が声を発した。

「雨はありがたいな」

甲次郎も続く。

「『秋雨の恵みは相模屋の茶漬けなり』」

庄兵衛が一句発した。

「ちょいと字余りですぜ」

すかさず卯之吉が言う。

「いいんだよ。松茸が余計に入ってるんだから」

庄兵衛がそう言い返したから、相模屋のあるじとおかみが笑みを浮かべた。

二

翌日は昼過ぎからきれいに晴れた。

背に「万」と染め抜かれた半纏を日の光が照らす。

普請場のつとめを終えた寿助は、まっすぐ泪寿司へ向かった。

「どうだい、おとっつぁん、足の具合は」

見世に入るなり、寿助は問うた。

屋台まで行くのも杖を突いて難儀していた寿一だ。いかに奥の茣蓙に座っての仕事とはいえ、繁盛する泪寿司のつとめはいささかつらそうだった。

「もうちょっと休みてえとこだな。屋台と違って、雨降りでものれんを出すから」

持ち帰り用の玉子巻きをつくりながら、寿一は答えた。

月に三度、下に二のつく日は休みということにしてあるのだが、それでもいささか大儀らしい。

「おいらは、いまのままでべつにかまわないんですが」

小太郎がややあいまいな顔つきで答えた。

ちょうどそこへ、善太郎とおそめが大鉢を運んできた。

具だくさんのおからとひじきの煮つけだ。おそめがつくるおからは上品な味つけで、酒の肴としても好まれている。

「いま話をしてたんだけど、寿一さんが大儀だから、休みの日をもうちょっと増やしてもらいたいと」

小太郎が告げた。

「湯屋でゆっくりして、按摩《あんま》でも頼まねえと、どうも身が保たねえ」

寿一は苦笑いを浮かべて腰に手をやった。

「なら、おまえだけでできないかい」

おそめが水を向けた。

「いや、押し寿司や玉子巻きなんかは、まだまだ腕が甘いので。それに、手が追いつかないよ」

小太郎は及び腰で答えた。

「おまえができるものだけやればいいさ」

善太郎が言った。

「そうそう。あらかじめ貼り紙を出しておけばいいんだし」

と、おそめ。

「握りなら、だいぶ腕があがったからな」

寿一が言う。

「与兵衛鮨に関わりのある者が舌だめしに来たんだろう？」

せがれの寿助が言った。

「そうそう。どうも顔に見覚えがあると思ったら、与兵衛さんの弟子だった。うわさを聞いて気になって来たのかもしれない」

小太郎は笑みを浮かべた。

「昨日はお忍びの本因坊さんも見えたしね」

おそめが言った。

「へえ、本因坊さんが」

寿助が瞬《まばた》きをした。

「頭巾をかぶってたから、かえって目立ってて」

小太郎が笑う。

「何を召し上がったんだ？」

寿助がたずねた。

「戻り鰹の手捏ね寿司」

どこか唄うように小太郎は答えた。

「えらく気に入ってくださったみたいでね」

善太郎が笑顔で言った。

「持ち帰りはできるかと訊いて、経木に詰めて帰られたんですよ」

おそめも言う。

「満を持して出した品だから」

小太郎は手ごたえありげに言った。

「ところで、提灯屋のほうはいつ行くんだ?」

寿一がせがれに問うた。

「日のいいあさってにしようかと」

寿助がいくらか引き締まった顔つきで答えた。

「いよいよだな」

小太郎が白い歯を見せた。

「おれは承知してんだから、向こうも嫌とは言うまいよ」

寿一が言った。

「ほんとにいい子だからねえ、おちかちゃんは」

おそめが笑みを浮かべた。

寿一にあいさつに来たとき、ついでに泪寿司を手伝ってもらった。明るくて、声もよく出る。上背のある小町娘だから、見世がぱっと華やいだ。

「若おかみと間違えられていたがな」

善太郎が言った。

「おいらの嫁じゃないっていくたびも言う羽目に」

小太郎は苦笑いを浮かべた。

「そりゃ悪かった」

寿助が髷に手をやった。

「ちゃんと手土産《てみやげ》を提げていけ」

寿一が親の顔で言った。

「ああ、分かってるよ。明日買ってくる」

寿助の表情がまた引き締まった。

三

翌々日――。

よそいきの光沢のある結城紬《ゆうきつむぎ》をまとった寿助は、柳色の風呂敷包みを提げて上州屋に向かった。

提灯が見えてきたところで、ふっと一つ息を吐く。

今日はいよいよ峠だ。晴れておちかを嫁に迎えるためには、ここを先途《せんど》と登らねばならない。

　おちかは見世に出ていた。のれんをくぐると、真っ先に目が合った。

「あっ、寿助さん」

　おちかが声をあげた。

　寿助はだいぶ硬い顔つきでうなずいた。

「おとっつぁん、おっかさん、寿助さんが」

　おちかは奥に声をかけた。

　おかみのおうのが、すぐさまいそいそと出てきた。

「まあ、ようこそ」

　愛想よく言う。

「これはつまらぬものですが」

　寿助は包みを渡した。

　風月堂《ふうげつどう》音次《おとじ》の香ばしい焼き菓子だ。遣いものとしては定評がある。

「まあまあ、ありがたく存じます」

　上州屋のおかみが一礼して受け取った。

「どうぞ上がってくださいまし」

あるじの三五郎《さんごろう》が身ぶりをまじえて言った。

「はい、失礼します」

寿助はていねいに頭を下げた。

提灯屋の客となった寿助は、奥へ招じ入れられた。

ちょうど奥の仕事場が見えた。

寿助は上州屋の面々を一人ずつ紹介された。

おちかは三人姉妹の末娘で、男のきょうだいはいない。長姉のおちえが婿を取り、後を継ぐことになっている。年季を積んだ提灯職人の義松《よしまつ》が次の代を担う。寿助にとっては義理の兄になる男だ。

次姉のおたえは女提灯職人だ。

人には向き不向きというものがある。おちかは物おじしないたちで、客の相手をするのが得意だ。おたえは逆に、黙って手を動かしているほうがいい。職人としてはもうなかなかの腕前で、おたえが紙を貼った提灯はまったくむらがなくきれいな仕上がりだという評判だった。

文字書きと絵付けもうまい。ことに、花を描かせたら上州屋では右に出る者がないほどだった。

「まあ、どうぞお楽に」

前に座ったおちかの父が身ぶりをまじえた。

「はい」

まだ硬い顔つきで、寿助は答えた。

ここでおかみが茶菓を運んできた。おちかもまじえて、しばらくは泪寿司や万組など、本題とは関わりのない話が続いた。

娘さんをおいらの嫁にください――どこでそう切り出すか、寿助は間合いを見計らっていた。

しかし……。

ほどなく、意想外な成り行きになった。

「ところで……」

三五郎は一つ座り直してから続けた。

「祝言の宴は、いつどこでやるんだい？」

上州屋のあるじは寿助にそうたずねた。

「は？」

寿助は思わず目を瞠《みは》った。

「そんなむやみに派手な宴は無用だが、門出の祝いはしねえとな」

三五郎はそう言って女房の顔を見た。

「やぶ重さんはどうかしら」

おうのが案を出す。

「やっぱりそうか」

と、三五郎。

「座敷が広いし、貸し切りで落ち着いてできるところと言えば、ここいらじゃやぶ重さんだから」

おうのは笑みを浮かべた。

「なら、異存はないな」

上州屋のあるじは、寿助とおちかに向かって訊いた。

「は、はい、それはお任せで」

寿助はまだいささかうろたえながら答えた。

これから気張って峠を越えようとしたら、急に目の前が開けて日の当たる下りになったようなものだ。

「わたしもやぶ重さんがいいと思う」

おちかも答えた。

「住むところはどうするの？」

今度はおうのがたずねた。

どうやらおちかを寿助の嫁にやることはすでに決まっていて、不承知なところは微塵《みじん》もないようだ。上州屋のあるじとおかみから出るのはこの先の「段取り」の話ばかりだった。

「なみだ通りの元締めの善太郎さんに頼んでみるつもりです」

本当は安堵《あんど》しながら、寿助は答えた。

「長屋に空きがあるみたいなんで」

おちかも言う。

「そう。それなら近いわね」

と、おうの。

「だったら、朝に亭主を見送ったら、あとはこっちへ来られるかな」

三五郎が末娘の顔を見た。

「そうねえ。洗濯とかが終わったら」

おちかが答えた。

「おいらは昼間は普請場だから、そのあいだはいままでどおり見世でお客さんの相手をす

ると いいよ」

寿助は快く言った。

「まあ、ややこができるまでのあいだだけどね」

おうのが笑みを浮かべて言った。

「こいつは人あたりがいいんで、重宝してるんで」

三五郎はかえって申し訳なさそうに寿助に言った。

「いえいえ、もう、ありがたいことで」

寿助はいくらか顔を赤くして頭を下げた。

その様子を、嫁になる娘はほほ笑みながら見ていた。

四

「そりゃあ、良かったたな」

風鈴蕎麦のあるじが笑みを浮かべた。

「さあ、これからっていうときには、もう峠を越えてました」

寿助が言った。

上州屋を出たあと、まっすぐ泪寿司に向かって寿一に首尾を伝えた。さらに長屋の人情家主の夫妻にも告げた。みなとても喜んでくれた。

長屋には幸い空きがあった。泪寿司が入っているほうの長屋だから、上州屋のつとめが終わったら、おちかは寿司屋の手伝いもすることになった。掛け持ちは大変だが、働き者だから大丈夫だろう。

泪寿司は屋台より早く閉める。つとめを終えた寿一とともに湯屋へ行き、いったん長屋に戻ってからまた通りに出てきた。

大きな山を越えたから、気がまだ高ぶっていて今夜はすぐ寝られそうにない。そこで、鉢を持って屋台を回ることにした。

甲次郎の屋台で甘藷の天麩羅を、庄兵衛のところで玉子の煮物を買って、いま蕎麦に入れて食べだしたところだ。

「なら、次はいよいよ祝言だな」

卯之吉が笑みを浮かべた。

「まずは日取りを決めて、やぶ重さんに約を入れないと」

若い大工はそう言うと、煮玉子を二つに割って胃の腑に落とした。

「蕎麦に入れるのなら生玉子だがな」

と、卯之吉。

「これでも月見にはなりますよ。味もなかなか」

寿助がそう答えたとき、闇の中から提灯が揺れながら近づいてきた。

「おう」

提灯をかざしたのは、額扇子の松蔵親分だった。

子分の千次もいる。

「こりゃ親分さん」

卯之吉が愛想のいい声で答えた。

「こいつは嫁取りの段取りをつけてきたそうで」

と、寿助のほうを手で示す。

「上州屋の看板娘か？」

松蔵が訊いた。

二人の仲はすでにうわさになっている。

「おかげさまで。祝言の宴にはぜひお越しくださいまし」

寿助は機嫌のいい声で言った。

「出番ですぜ、親分」

千次が額を指さす。

「おう、そりゃ余興ならいくらでもやってやるぜ。……お、食いな」

箸を止めている寿助に向かって、松蔵は言った。

「おいらにも一杯くんな」

千次が手を挙げた。

「へい、承知で」

卯之吉がいい声で答えた。

「おれはちいとよそで食ってきたから、酒だけくんな」

松蔵が言った。

「へい、ただいま」

「おめえも呑め。いい話を聞いたから、おごってやる」

親分はそう言ってくれた。

「相済みません」

寿助は頭を下げた。

酒はあまり強くないのだが、親分のおごりとあらば断れない。

蕎麦の屋台では燗酒は出ない。出すのは冬の寒い時分のおでん屋だけだ。そのあたりも通りのなかでうまく棲《す》み分けていた。

その後も祝言の宴の話が続いた。

「余興なら、堂前の師匠も呼ばねえとな」

十手持ちが言った。

「焉笑師匠に来ていただければ、ぐっと宴が締まるでしょう」

寿助は笑みを浮かべた。

「なら、おいらがひとっ走りつないでくるぜ」

千次がそう言ってくれた。

「おう、そうしてやれ。待ってたらいつ来るか分かんねえからな、あの師匠」

松蔵はそう言って、茶碗酒を呑み干した。

「すまねえことで」

寿助がわびる。

「なに、泪寿司の見世びらきに続いて、めでてえことじゃねえか。こんなときはみなで祝ってあやからねえとな」

十手持ちは味のある笑みを浮かべた。

五

祝言の宴の日取りが決まった。

十月の二日の昼からだ。

その日は上州屋もなみだ通りの屋台と泪寿司も休みにすることになった。

祝言の前に、長屋の一室に寿助とおちかの所帯道具が運びこまれた。畳も入れ替えたから、藺草《いぐさ》のいい香りが漂っている。

「まあ、立派な鏡台ね」

様子を見にきたおそめが指さした。

「指物師さんに知り合いがいるので、おとっつぁんがいいものを買ってくれたんです」

おちかはうれしそうに答えた。

「親心だね」

善太郎も笑みを浮かべた。

そこへ寿助が帰ってきた。

「お疲れさま」

おちかが出迎える。

「ああ、いま帰った」

寿助が白い歯を見せた。

「なら、せっかく水入らずなのに悪いけど」

おそめがおちかに言った。

「はい。そろそろ泪寿司のほうのつとめを」

おちかは笑みを浮かべた。

「だったら、せっかくだからおいらも手伝うよ」

寿助が答える。

「あんまりたくさんお見世に入れないけど」

と、おちか。

「なら、呼び込み役で」

寿助は手を打ち合わせた。

「よし、惣菜を運ぶか」

善太郎が言った。

「はいよ」

おそめが答える。

ほかの女房衆も手伝い、次々に大鉢が運ばれていった。

今日は高野豆腐の煮つけがある。大根菜の胡麻和えにおからに金平牛蒡、ほかはおなじみの味だ。

「おっ、今日は夫婦《めおと》で手伝いかい？」

仕込みの手を動かしながら、小太郎が言った。

「おいらは呼び込みで」

寿助が笑顔で答えた。

奥の茣蓙では、寿一が酢飯をつくっていた。小太郎にやらせることもあるが、まだまだ任せるわけにはいかない。

「今日の目玉は何だ？」

善太郎が小太郎に訊いた。

「鮪《まぐろ》の漬《づ》けの握りとちらしで」

小太郎は答えた。

「鮪なんかで大丈夫かい？」

おそめが案じ顔で問う。

いまでこそ鮪は寿司の顔だが、当時は下魚《げざかな》として好まれていなかった。

「活きのいい鮪を漬けにしておいて、山葵を効かせたらうまいんだよ」

小太郎は答えた。

「ちらしの具にも按配がいいからな」

寿一も言う。

「そう。寿一さんが言うなら安心だね」

おそめは笑みを浮かべた。

そこへ、植木の職人衆が連れ立ってやってきた。

「あ、早すぎたかい」

「腹減ってんだ」

「のれんを出してくれたらありがてえ」

そう急かせる。

「いいですかい？　師匠」

小太郎は寿一に声をかけた。

「おう、いいぜ」

寿一が答える。

「おっかさんとおちかちゃんのほうは？」

惣菜の持ち場に問う。

「平気だよ」

「のれんを出しましょう」

明るい声が返ってきた。

「お待たせしました、泪寿司が始まります」

なみだ通りに立った寿助が、ひときわよく通る声を張りあげた。

六

祝言の当日は、初めのうちはあいにくの雨だった。

「仕方ないさ、なみだ通りなんだから」

白無垢《しろむく》姿のおちかに傘をさしかけながら、上州屋のあるじの三五郎が言った。

おのれはいくらか濡れても、娘の晴れ姿を護《まも》ろうという構えだ。

「転ばないようにね」

うしろから、おかみのおうのが声をかける。

「でこぼこがあるから気をつけて」

前を歩く寿助が振り向いて言った。

こちらは黒の羽織袴《はかま》に威儀を正している。

「うん。ゆっくり歩くから」

おちかが答えた。

ちょうどそこへ、土地の火消し衆が通りかかった。

「よっ、今日が嫁入りかい」

「いちだんときれいじゃねえか」

おちかに向かって、火消し衆が声をかけた。

「おかげさまで」

おちかが控えめに答える。

「おっ、大工の半纏より似合ってるぜ」

「男っぷりが上がったじゃねえかよ」

今度は寿助に言う。

「ありがたく存じます」

寿助は折り目正しく答えた。

えっ、ほっ……。

えっ、ほっ……。


先棒と後棒が息を合わせて、駕籠《かご》が進んでいく。

乗っているのは寿一だった。

ただでさえ足が悪いのに雨降りで難儀だから、なみだ通りを突っ切るだけだが駕籠を頼んだ。

「先に行ってて、おとっつぁん」

寿助が声をかける。

「おう」

駕籠の中から、父が答えた。


善太郎とおそめは、だいぶ前からやぶ重に詰めていた。

あるじの重蔵は白襷《しろだすき》をかけ渡し、討ち入りにでも行くみたいな恰好《かっこう》で気を入れて婚礼料理をつくっていた。

若い二人にとっては、長く思い出に残る一日になる。ここは料理人の腕の見せどころだ。

「あっ、あの駕籠、寿一さんじゃないかしら」

おそめが指さした。

その勘は正しかった。駕籠はほどなくやぶ重の前で止まった。

「若夫婦も来たぞ」

善太郎の声が弾んだ。

傘を差してなみだ通りを進んでくる列が見えた。

「へい、お待ちで」

助けを借りて、寿一が駕籠から下りた。

「このたびは、おめでとうさんで」

おそめがまず頭を下げた。

「ああ、すまねえな」

寿助の父が笑みを浮かべた。

「では、こちらへ」

やぶ重のおかみが身ぶりをまじえてにこやかに言った。

七

役者がだんだんにそろった。

いつもは本因坊家御用達の碁盤が据えられているところには、おめでたい松の飾り付けがなされていた。

その上座に、寿助とおちかが座る。

白木《しらき》の三方《さんぽう》の上には、見事に尾の張った鯛の塩焼きが置かれていた。酒器もことごとく白い。

「あとはだれだい？」

万組の棟梁がたずねた。

「噺家さんたちがまだ」

善太郎が答えた。

上等の川越唐桟《かわごえとうざん》に身を包んだ人情家主が進め役だ。

「蕎麦茶が入っておりますので」

おかみが土瓶《どびん》を運んできた。

「先に酒ってわけにもいかないから、蕎麦茶を呑みながら待つことにしよう」

万作が言った。

「注ぎましょう、棟梁」

寿助の兄弟子が土瓶に手を伸ばした。

香ばしい蕎麦茶は上州屋となみだ通りの面々にも運ばれた。鯛の活け造りには料理人の巧拙が出るが、つまとけんにも意を用いたやぶ重のものは思わず目を瞠るほどの出来栄えだった。

市松模様に盛りつけられた紅白の蒲鉾《かまぼこ》に、「寿」という焼き印も悦《よろこ》ばしい玉子焼き。どれも華やかで品のある仕上がりだ。

「いやあ、お待たせしました」

甲高《かんだか》い声を発しながら、焉笑が姿を現わした。

「噺家らしく大トリで」

弟子の小勝が言う。

かくして、役者がそろい、祝言が始まった。

まずは固めの盃《さかずき》だ。

年の功で、焉笑が役をつとめる。

「芸はまだなしで」

噺家がそう断ったから、場に控えめな笑いがわいた。

寿助もおちかも、神妙な面持ちで盃の酒を呑み干した。

ふっ、と一つ寿助が息をつく。

「これで晴れて二人は夫婦になりました」

善太郎が言った。

「もう一緒に暮らしてるけどね」

小太郎が横合いから言う。

「まあ今日からってことで」

万組の棟梁が言った。

「なんにせよ、めでてえこった」

松蔵親分が笑顔で言う。

「まあそんなわけで、新郎新婦を囲んでの祝いの宴を始めさせていただきます。またのちほど、いろいろと演《だ》しものを」

人情家主はそう言うと、女房のほうを見た。

「では、それまで、お料理を召し上がりながらご歓談ください」

おそめがにこやかに告げた。

それを合図に、場はそれぞれに動いた。

「このたびは、うちの末娘をもらっていただきまして」

上州屋のあるじが寿一に酒をついだ。

「こりゃどうも。うちのせがれには過ぎた娘さんで」

寿一が笑みを浮かべる。

「おちかは前から大工の嫁になりたいって言ってたもので、こちらこそありがたいかぎりです」

三五郎が笑みを返した。

長姉のおちえとその婿の義松、それに次姉の提灯職人のおたえは、なみだ通りの屋台のあるじたちと話をしていた。

「そろそろ提灯を換えなきゃなと思ってるんだ」

風鈴蕎麦の卯之吉が言った。

「おいらのとこもだな」

天麩羅の甲次郎も言う。

「なら、お安くしておきますので」

「お名入れはただでやらせていただきます」

上州屋を継ぐことになる若夫婦は愛想よく言った。

「いや、うちはただの蕎麦屋だから」

「うちもただの天麩羅屋で」

卯之吉と甲次郎が答えた。

「では、素の赤提灯で」

義松が言った。

「それがいちばんだな」

甲次郎がそう言って、猪口の酒を呑み干した。

「素の赤提灯がいちばん目立つから」

庄兵衛が言う。

「提灯を換えるのなら、銭は出すよ」

話を聞いた善太郎が手を挙げた。

「そりゃありがてえ」

「ぜひ頼みます」

屋台のあるじたちがすぐさま答えた。

ここで紅白蕎麦が運ばれてきた。

紅のほうは生姜を練りこんであるので、ぴりっと辛くてうまい。

「いや、おいらは酒に弱いので」

寿助は酌を断るのに苦労していた。

「いいじゃねえかよ、こんな日くらい」

大工の兄弟子は譲らない。

「つぶれたら恥ずかしいので、ほどほどに願います」

おちかが助け舟を出した。

角を立てないような、やんわりとした言い方だ。

「おう、勘弁してやんな」

それを聞いて、棟梁の万作も言った。

「へい、なら、おいらがてめえで呑みまさ」

兄弟子は矛を収めた。

そこへ小太郎が土瓶を運んできた。

「蕎麦茶を呑んでな」

小声で言う。

「ああ、そうするよ」

だいぶ赤くなった顔で、寿助は答えた。

宴もたけなわになってきた。

料理は天麩羅が出た。からりと揚がった海老や鱚などに客は思い思いに舌鼓を打った。

「あと出るのはどんなところで？」

善太郎は厨に向かい、あるじの重蔵にたずねた。

「締めにまたもりを出させていただきます」

やぶ重のあるじが答えた。

「分かった。なら、そろそろ余興を」

善太郎は笑みを浮かべた。

ほどなく、段取りが整った。

「えー、宴もたけなわでございますが、このあたりでとっておきの演しものをお願いしたいと存じます」

なみだ通りの元締めは満面の笑みで言った。

「出番ですぜ、親分」

線香の千次が言う。

「なら、酔っぱらわねえうちに」

額扇子の松蔵が立ち上がった。

「よっ」

「待ってました」

ほうぼうから声が飛んだ。


ちゃか、ちゃんりん、ちゃんりん、ちゃんりん……


鳴りものが響きだした。

もっとも、用意してきたものではなかった。

焉笑が得意の口真似を披露しているのだ。鳥や獣の鳴き真似から鳴りものや口三味線まで、噺家の芸域は広い。

十手持ちは扇子を取り出した。

祝いごとで用いる金色《こんじき》の扇子だ。

「よっ、ほっ」

その名のとおり、額の上に器用に載せる。

「おう」

「こりゃ凄《すげ》え」

たちまち歓声があがった。

「では、扇子を開きましょう」

子分の声が高くなった。

「ほっ」

いったん扇子を手に戻した松蔵は、ばっと音を立てて開いた。

鮮やかな「寿」の一字が浮かぶ。

「よっ」

今度はその開いた扇子を額に載せた。

足を前後に動かし、体を揺すって器用に落ちないようにする。

一度しくじったが、それもご愛敬だ。やり直したら、十数えられるほどもった。額扇子の松蔵の面目躍如だ。

「これにて夫婦円満間違いなし」

松蔵親分は手に扇子を戻してから決め台詞を発した。

やぶ重はやんやの喝采に包まれた。

「では、負けじと凧《たこ》を舞わせましょう」

今度は焉笑が立ち上がった。

「寿と記された凧が江戸の青い空を舞う……と思ってくださいまし」

噺家は客と掛け合って笑いを取った。

「いざ、べべんべんべん」

太棹《ふとざお》の口三味線とともに凧を飛ばすしぐさをする。

凧に見立てられているのは弟子の小勝だ。

師匠が糸を引くと、弟子の凧が動く。

顔をしかめたり、笑ったりするたびに、宴の場は笑いに包まれた。

大盛り上がりのうちに演しものが終わり、締めの蕎麦が出た。

いつのまにか雨は上がり、日が差してきた。

「寿助さん、最後にひと言」

善太郎が笑顔で水を向けた。

「しゃべるんですか」

と、寿助。

「おとっつぁんは口が重いから、代わりにさらっとお願いします」

人情家主は寿一のほうをちらりと見てから言った。

「では……」

新郎はおもむろに立ち上がった。

「本日は、お足元の悪いなか、われわれの祝言の宴に足を運んでいただきまして、ありがたく存じました。若輩ですが、二人で力を合わせて、なみだ通りで末永くやらせていただければと思っております。どうかよしなにお願いいたします」

だいぶ酒を呑まされていたからどうかと案じられた寿助だが、存外によどみなく言って頭を下げた。

「これで安心ですね、寿一さん」

庄兵衛が声をかけた。

「ああ……」

寿一は思わず目尻に指をやった。

角《かど》の立った蕎麦を啜り、蕎麦湯を呑み干した宴の客は、それぞれに支度を整えてやぶ重を出た。

「あっ、虹」

おちかが真っ先に気づいた。

「あっ、ほんと、きれいな虹」

おそめの声が弾む。

「幸先のいい門出だね」

善太郎が寿助に言った。

「忘れないようにしますよ、この景色を」

羽織袴に身を包んだ若者が答えた。

そして、虹を見つめて、続けざまに瞬きをした。

第八章　終《つい》の名乗り

一

「なら、行ってきまさ」

屋台の風鈴がしゃらんと鳴った。

「はい、行ってらっしゃい」

おそめが卯之吉に声をかけた。

「気をつけて」

善太郎が右手を挙げた。

今日も湊から船が出ていく。

蕎麦に続いて甲次郎の天麩羅、さらに、庄兵衛のおでんの屋台がなみだ通りへ出ていった。

「泪寿司のほうは、そろそろ終いかね」

善太郎が言った。

寿司飯がおおかたなくなったところで、泪寿司ののれんはしまわれる。売れ残ったたねがあったとしても、バラちらしのまかないにすればいい。

「ちょいと見てくるわね」

おそめはさっそく泪寿司に向かった。

「ああ、頼む」

善太郎が見送った。

「ありがたく存じましたー」

おそめが泪寿司に向かうと、いい声が響いてきた。

見世を手伝っているおちかだ。

朝は寿助の弁当をつくり、見送ったあと洗濯をする。それから、実家の上州屋へ行き、ひとしきり愛想よく客の相手をする。

「嫁に行っても、おちかちゃんは看板娘だね」

常連からはそんな声が飛ぶくらいだった。

人の女房になったのだから、もっと地味な恰好をと親からは言われたのだが、華やかなほうがいいだろうと髷には相変わらずとりどりのつまみかんざしを飾っている。職人の辰次から祝いに紅白の鴛鴦《おしどり》のつまみかんざしをもらったから、このところはそればかりだ。

そのうち、泪寿司がのれんを出す。上州屋から戻ってきたおちかは、今度は寿司屋の手伝いをする。

惣菜づくりの仕上げに手を貸し、善太郎とおそめとともに見世に運ぶ。のれんが出て客がやってくれば、おもに持ち帰り場を受け持つ。

「手捏ね寿司、お持ち帰りもできますよ」

「今日のお稲荷さんは、ことのほかおいしいです」

なみだ通りを歩く人々に向かって、そんな声をかける。

「買うつもりはなかったのに買っちまったよ」

「看板娘にゃ勝てねえや」

客がそう言って苦笑いを浮かべるほどだった。

おそめが泪寿司に顔を出したときには、のれんはもうしまわれていた。

「今日もおおかた売り切れで」

小太郎が笑顔で告げた。

「ありがてえこった」

寿一が軽く両手を合わせた。

「なら、湯屋へ行くかい、おとっつぁん」

呼び込みをやっていた寿助が声をかけた。

終いのほうは夫婦そろって泪寿司の助っ人になる。

「おう」

寿一が右手を挙げる。

「惣菜のほうはどう？」

おそめはおちかにたずねた。

売れ残ったものがあれば、長屋におすそ分けをするのが常だ。まかないとおすそ分けをどう割り振りするか、それを思案するのも毎日の楽しみのようなものだった。

「金平と高野豆腐がいくらか売れ残りで」

おちかは答えた。

「高野豆腐は汁気を切って、刻んでちらし寿司に入れればいいよ」

小太郎がすぐさま案を出した。

「そうね。金平だってちらし寿司に入れられるから」

と、おそめ。

「味のついた揚げがまだ残ってるんで」

立ち上がって杖を手にした寿一が言った。

「なら、それも刻んでちらしに入れましょう」

打てば響くように、小太郎が言った。

「おとっつぁんは食うかい？」

寿助が訊いた。

「いや、おめえらで食いな。おれは湯屋の帰りに屋台で何か食うから」

寿一は答えた。

湯にはじっくり浸かるから、湯屋を出るころにはもう暗くなっている。なみだ通りの屋台の提灯にも灯りがともる。

「なら、おすそ分けはなしだね」

おそめが念を押すように言った。

「金平だけちょっと余りそうだけど、おいらが酒の肴にするんで」

小太郎が答えた。

「承知で」

おそめはさっと右手を挙げた。

二

「そろそろ出るぞ」

寿助の声が響いてきた。

湯屋の二階だ。

義父の寿一は湯にゆっくり浸かるから長くなる。おちかは先に上がって二階で待つことが多かった。

「あいよ」

おちかは壁の向こうに声をかけた。

湯屋の二階でくつろぐ場所は、男女が壁一つ隔てた隣り合わせだ。夫婦で声のやり取りができる。

初めのうちは恥ずかしかったが、すっかり慣れた。

湯屋を出ると、若夫婦は寿一を気遣いながらなみだ通りに戻った。

湯に浸かっているあいだに、空はすっかり暗くなっていた。

「いい月だな」

夜空を見上げて、寿助が言った。

「いいお月さまね」

同じ空を、おちかも見上げる。

「おれは天麩羅だけでいいから、おめえらよそへ回りな」

杖を突いて歩きながら、寿一が言った。

「一人で帰れるかい、おとっつぁん」

寿助が気遣う。

「わらべじゃねえんだから。湯上がりで足も動くしよ」

寿一が笑って答えた。

甲次郎の屋台についた。

「いらっしゃい。おそろいで」

ひと頃より顔色が良くなったあるじが声をかけた。

寿一は甘藷と竹輪の磯辺揚げを頼んだ。

「わたしも磯辺揚げで」

「なら、おいらも」

若夫婦の声がそろった。

「承知で」

甲次郎は笑みを浮かべた。

「ただの竹輪天から磯辺揚げに替えたとたんに出るようになったそうだな」

寿一が言う。

「そのとおりで。手間はかけてみるもんです」

手を動かしながら、甲次郎は答えた。

「海苔の風味がとってもいいので」

と、おちか。

「蕎麦にのっけてもうまいですよね」

寿助が言った。

「なら、卯之吉のところへ？」

甲次郎が訊いた。

「そうですね」

「お蕎麦にのっけていただきます」

若夫婦が答えた。

「庄兵衛さんとこで厚揚げと煮玉子を買って」

寿助が言う。

「そりゃ豪勢だ」

元気を取り戻した男が白い歯を見せた。

三

「仲良く食ってくれてありがてぇや」

風鈴蕎麦の卯之吉が言った。

すでに丼には竹輪の磯辺揚げとおでんが入っている。ずっしりと重い蕎麦になった。

「風の冷たい晩には、あたたかい蕎麦のつゆが心にしみますね」

おちかが言った。

「そうだな。おいらもそれで蕎麦屋になったようなもんだから」

卯之吉は笑みを浮かべた。

「へえ、そうなんですか」

「どこの蕎麦です？」

寿助が箸を止めて訊いた。

「いや、まあ……昔の話だからよ」

卯之吉はそう言ってはぐらかした。

そのとき、通りの回向院側に提灯がいくつか現れた。

「おーい」

まず響いたのは人情家主の声だった。

「繁盛だな」

続いて、本所方の魚住与力が現れた。

安永同心もいる。

「なに、身内ばっかりで」

卯之吉が答えた。

「相模屋でこんなものをもらってきたよ」

善太郎は一枚の刷り物を差し出した。

寿助にも渡す。

「堂前のお師匠さんの会？」

覗きこんだおちかが寿助の顔を見た。

「師匠が見えたんですか」

寿助は善太郎に問うた。

「いや、お弟子さんが配りに来たんだ」

善太郎は答えた。

「ずいぶんと立派な会になりそうだ」

魚住与力が言った。

「噺家としては最後の名乗りらしいので」

安永同心が刷り物を指さした。

そこには、こう記されていた。

立川焉笑
つひの名披露の会
堂前の師匠こと立川焉笑が、つひの棲み処ならぬつひの名を披露せり
噺に演しもの、何でもござれ
見逃すべからず、聞き逃すべからず

霜月《しもつき》二日
両国橋西詰小屋にて午《ひる》より
食ひもの　呑みもの　持ち込みかまはず

「二日なら、泪寿司も休みですね」

寿助が言った。

「ああ。みなで行こうかという話になってな。相模屋も乗り気だ」

人情家主が答えた。

「『つひの名』って、もうこれであの世へっていうことですよね」

刷り物をあらためてから、卯之吉が言った。

「いや、その言い方じゃ験《げん》が悪い」

善太郎は苦笑いを浮かべた。

「止め名ということだな」

与力が言った。

「師匠の名の焉馬を継ぐんでしょうか」

安永同心が上役に問うた。

「それなら襲名披露になるはずだがな」

与力は首をひねった。

「『持ち込みかまはず』ってことは、お弁当をつくっていってもいいわけね？」

おちかが乗り気で言った。

「そうそう。弁当をこしらえて、みなで行こうじゃないか」

善太郎が水を向けた。

「午からだったら、終わったあとに屋台も出せるしな」

与力が言う。

「たまに西詰へ行ったら、そのまま浅草あたりで遊びてえような気も」

卯之吉が言った。

「まあ、そのあたりはそれぞれで」

善太郎が笑みを浮かべた。

「なら、一緒に行きましょう」

おちかが寿助に言った。

「そうだな。万組にも声をかけておくよ」

寿助はそう言って刷り物をかざした。

四

当日はいい天気になった。

なみだ通りの人情屋台の面々は、それぞれに弁当をつくり、出かける支度を整えていた。

つまみやすいように、稲荷寿司を弁当の顔にした。例によって前の晩から煮含めた味のしみた揚げだ。

詰めるのは酢飯ばかりではない。おからもある。味のついた干瓢《かんぴょう》を細かく刻んだものもある。表だけでは見分けがつかず、食べてみないと分からないのもお楽しみのうちだ。

おかずもふんだんに詰めた。

里芋と椎茸《しいたけ》と人参の煮つけに高野豆腐。鰻の蒲焼きに蛸と胡瓜の酢の物。栗きんとんなどの甘いものも配した色とりどりの二重弁当だ。

「よし、支度はおおかた整ったな」

人情家主が手を一つ打ち鳴らした。

「いま駕籠が来ますんで」

卯之吉がさっと右手を挙げた。

「行くよ、おとっつぁん」

寿助が寿一に声をかけた。

「おう」

寿司職人がゆっくりと腰を上げた。

初めは「おれは留守番でいい」と首を横に振っていたのだが、寿助とおちかにすすめられ、やっと重い腰が上がった。

駕籠でも橋を渡るのは大儀だからと言っていたのだが、次はいつ渡れるか分からないし、世話になっている師匠の大事な舞台だからと行く気になったようだ。

ほどなく駕籠が来た。

「ちょいと早いかもしれないけど、向こうで待っててておくれ」

寿助が父に言った。

「おう。大川でもながめてら」

寿一は答えた。

駕籠を見送ってほどなく、相模屋の面々が顔を出した。

「おこまちゃんも行くのかい」

庄兵衛が声をかけた。

「うん、楽しみ」

七つの娘が答えた。

「いいね、みんなおそろいで」

おそめが笑顔で声をかけた。

あるじの大吉もおかみのおせいも、今日はよそいきのいでたちだ。

「ううん。つくちゃんはお留守番」

おこまがそう言ったから、場に和気が漂った。

「そりゃ、猫が小屋に現れたらびっくりだよ」

善太郎が笑う。

「なら、ぼちぼち行きますかい」

卯之吉が身ぶりをまじえた。

なみだ通りの面々は、両国橋のほうへ連れ立って歩きだした。

五

繁華な西詰のなかでも、その小屋はひときわ目立った。

堂前の師匠と慕われている焉笑だ。小勝のほかにも弟子はたくさんいる。その弟子たちがにぎやかな声を発しながら呼び込みをしているから、おのずと人目を惹く。

おめでたい紅白の幕が張られた小屋のなかに入ると、舞台の前に敷かれた花茣蓙はもうだいぶ埋まっていた。

なみだ通りの面々は三つほどに分かれて座り、幕が開くのを待った。

「お弁当はいつ食べたらいいのかしら」

おちかが小声で寿助に訊いた。

髷にはひときわ鮮やかな白い蝶々のつまみかんざしを飾っている。

「さあ、どうだろう」

寿助はあごに手をやった。

「前座さんのときじゃないか？」

後ろに座った小太郎が言った。

「ああ、なるほど」

と、寿助。

「師匠がしゃべってるときに食うのも気が引けるからな」

寿一が笑みを浮かべたとき、ひょん、と一つ拍子木が鳴った。

「お、始まるぜ」

「待ってました」

気の早い声が飛んだ。

ほどなく、出囃子《でばやし》とともに幕が開き、高座に噺家が現れた。

まず登場したのは、弟子の小勝だった。

「えー、師匠はいま墓場で休んでまして、おっつけこうやって現れますので」

と、両手を前にやり、幽霊の恰好をして笑いを取る。

「それまで弟子の小咄《こばなし》にお付き合い願います。……あ、お弁当などをご持参の方は、どうぞお気楽に召し上がりながらお聞きください。べつに『くれ』とは申しませんから」

小勝がそう言ったので、なみだ通りの面々も心安んじて弁当を取り出した。

小咄はすべることも間々あったが、前座の芸としてはちょうど良かった。

「では、前座はこの辺で、最後にまた謎の巻物を持って現れます。おあとがよろしいようで」

小勝は破顔一笑すると、囃子に合わせて退がっていった。

べべん、べんべん……

太棹の音が響いた。

ただし、三味線にしてはいささか妙だった。

それもそのはず、音を発したのは本日の主役の焉笑だった。


ちゃか、ちゃんりん、ちゃんりん、ちゃんりん……


今度は出囃子の真似とともに舞台に現れると、客はどっとわいた。

「えー、墓場から来るとか弟子が馬鹿なことを言っておりましたが、まあお迎えの近い歳になってまいりまして、ここいらで終の棲み処ならぬ終の名を名乗らせていただこうかというろくでもねえ料簡を起こしましてね……」

焉笑は羽織を脱いで続けた。

「若いころは力があまってたもんで、こーけこっこー、とか、ほー……ほけきょ、けきょけきょ、とか、いろいろ好き勝手にやらせてもらってましたが」

真に迫った鳴き真似をまじえながら、巧みな話術で客の心をつかんでいく。

「寄る年波には勝てず、ここんとこはわりかた地味な人情噺なんぞもやっております。高座の終いに披露する新たな名、まあ、わたしなんぞが終の名乗りをしたところで、だれも継ぐ者もなく、それっきりになっちまうかもしれませんが、それはそれで致し方ないところなんで……おっ、どうしたい、浮かない顔して」

焉笑はまくらをさっと切り上げ、やにわに噺に入った。

地味かどうかは分からないがたしかに人情噺で、ぐうたらしていて見世をつぶしそうな亭主を見かねて、はやり病で死んだ女房と娘が助けに来るという筋立てだった。

化けて出てきた幽霊を見て亭主が腰を抜かすところなどには大いに笑いがわいたが、女房と娘の思いが伝わると、おのずと小屋はしんみりとした。

ことに、身につまされるところがある甲次郎や卯之吉は、いくたびも指を目尻にやっていたものだ。

かなり長い噺は、笑いあり涙ありで続き、いよいよ大詰めになった。

「……また夢になるといけねえ」

品のある笑いを誘った噺家が頭を下げると、ひと呼吸《いき》置いて囃子の音が響きはじめた。

楽屋から再び弟子の小勝が姿を現わす。

「えー、では、師匠の終の名の披露でございます」

小勝はよく通る声で告げた。

大きな巻物の端を弟子が持ち、もう一方を焉笑がつかんでゆるゆると広げていって名を披露するというやり方だ。

「えー、何かと世知辛い世の中で……」

焉笑がまだ張りのある声を響かせた。

「また口上ですかい、師匠」

小勝が横合いから言う。

「終の名だから、しゃべらせてくれ」

「へい」

ここで掛け合いが終わった。

「てわけで、災いがあったり、はやり病があったりで、何かとうまくいかねえこともある世の中ですが、できることなら円《まる》くおさまるように、江戸の人々がどうか平らかに、笑って遊んで暮らせるようにという願いをこめて付けた名です。名のほうの読み方は一緒で、一代かぎりになっちまうかもしれませんが、お目汚しのご披露で、東西《とざい》！」

焉笑は巻物を広げた。

字が一つずつ現れる。

それは、こう読み取ることができた。

三遊亭圓生

後世に伝わる大名跡、初代三遊亭圓生《さんゆうていえんしょう》の誕生だった。

六

「いい会だったねえ」

善太郎が笑顔で言った。

「ほんと、来てよかったわ」

おそめも言う。

「話に聞きほれてて、弁当がだいぶ余っちまったけど」

小太郎が苦笑いを浮かべた。

「長屋に帰って食べればいいよ」

と、おそめ。

「ああ、そうする」

小太郎が答えた。

相模屋の家族の顔が見えた。

「これから帰るのかい？」

善太郎が声をかけた。

「おこまが汁粉を食べたいと言うもんで」

大吉が娘のほうを手で示した。

おそめが笑みを浮かべた。

「いいわね、おこまちゃん」

「うん、楽しみ」

おこまは元気よく言った。

「おまえはそればっかりだね」

母のおせいが言った。

「楽しむのがいちばんだよ」

善太郎が笑顔で言った。

相模屋の家族ばかりでなく、なみだ通りの屋台のあるじたちもこれから遊びにいくようだった。

「さすがに屋台の仕込みをして稼ぐ気にはなりませんや」

風鈴蕎麦の卯之吉が言った。

「ここまで来たら浅草寺にお参りを」

天麩羅の甲次郎が身ぶりをまじえる。

「三人で遊ぶから三遊亭で」

庄兵衛が焉笑改め圓生の亭号にからめてうまいことを言った。

「なら、明日からまた気張るために、今日は羽を伸ばしてきておくれ」

人情家主が温顔で言った。

「そうしまさ。小太郎は帰るのかい」

卯之吉が跡取り息子に声をかけた。

「試しにつくってみたい寿司があるもんで」

小太郎は答えた。

「気張るねえ」

「しっかりやんな」

「また明日な」

屋台のあるじたちから声が飛んだ。

若夫婦の寿助とおちかも本所へ戻るようだった。手土産に饅頭《まんじゅう》を買い、上州屋に顔を出してから長屋へ帰るらしい。

「仲が良くて、いいことだね」

語らいながらいくらか離れた前を歩いていく若夫婦の背を見て、善太郎が言った。

「うらやましいかぎりで」

小太郎がぽつりと言う。

「今度はおまえの番だよ」

おそめが笑みを浮かべた。

「いや、まだ泪寿司のことで頭が一杯で」

小太郎は髷を指さした。

下を船が通っていったのか、両国橋の中ほどにさしかかったとき、おちかが欄干《らんかん》から覗きこんで何か言った。

寿助も同じところを見る。

若夫婦は少しのあいだ大川をながめてからまた歩きだした。

ややあって、なみだ通りの人情家主の家族も橋の中ほどに着いた。

「あとは下りだから楽ね」

おそめがいくらかほっとしたように言った。

「人生と同じだよ。難儀な上りがあれば、下りが待っている」

善太郎が言った。

「ここから飛び下りるようなことにならなくてよかったよ」

半ばは冗談めかして言ったが、それは小太郎の本心だった。

あのまま博打の沼に嵌まっていたら、本当にそんな羽目に陥ってしまったかもしれない。

しばし歩みを止め、善太郎も大川を見た。

櫓《ろ》を操る船頭の笠が日の光を受けて光っている。そのさまを、なみだ通りの元締めはいくぶん目を細くしてしみじみと見た。

「行きましょう、おまえさん。ちょいと風が冷たいから」

おそめがうながした。

「そうだな。まずは、一歩一歩だ」

せがれにも言い聞かせるように、善太郎は言った。

若夫婦の背は、いつのまにかだいぶ小さくなっていた。

それでも、仲むつまじさは伝わってきた。

おちかが髷に挿した、つまみかんざしの蝶々。

その小さな白いものが、大川を渡る風を受けて、ふわりと空へ舞い上がったように見えた。

[参考文献一覧]

『復元・江戸情報地図』(朝日新聞社)
日置英剛編『新国史大年表　第五巻Ⅱ』(国書刊行会)
今井金吾校訂『定本武江年表』(ちくま学芸文庫)
喜田川守貞著、宇佐美英機校訂『近世風俗志』(岩波文庫)
飯野亮一『すし　天ぷら　蕎麦　うなぎ』(ちくま学芸文庫)
三谷一馬『江戸商売図絵』(中公文庫)
金田禎之『江戸前のさかな』(成山堂書店)
菊地ひと美『江戸衣装図鑑』(東京堂出版)
吉岡幸雄『日本の色辞典』(紫紅社)
高橋幹夫『江戸あじわい図譜』(ちくま文庫)
田中博敏『旬ごはんとごはんがわり』(柴田書店)
『人気の日本料理2　一流板前が手ほどきする春夏秋冬の日本料理』(世界文化社)
回向院ホームページ

村岡祥次「日本食文化の醤油を知る」
田中裕士「元祖握りずし　両国に華屋与兵衛の跡を訪ねる」

光文社文庫

文庫書下ろし／長編時代小説

夢《ゆめ》屋《や》台《たい》なみだ通《どお》り

著　者　倉《くら》阪《さか》鬼《き》一《いち》郎《ろう》

2020年9月20日　初版1刷発行

発行者　鈴　木　広　和
印　刷　新　藤　慶　昌　堂
製　本　ナ　シ　ョ　ナ　ル　製　本

発行所　株式会社　光　文　社
〒112-8011　東京都文京区音羽1-16-6
電話　(03)5395-8149　編　集　部
8116　書籍販売部
8125　業　務　部

ISBN978-4-334-79090-5　Printed in Japan

組版　萩原印刷